EDIÇÕES BESTBOLSO

Mergulho no escuro

Danielle Steel nasceu em Nova York, em 1947. Seus livros já venderam mais de 500 milhões de exemplares em todo o mundo. Sua obra é best-seller em 47 países, traduzida para mais de 20 idiomas. Publicou o primeiro livro, *O apelo do amor*, em 1973, mas só se tornou um sucesso com *Segredo de uma promessa*, em 1978. É também autora de *O anjo da guarda, Entrega especial, O anel de noivado, Um desconhecido, Vale a pena viver, Milagre*, entre outros.

EDIÇÕES BESTBOLSO

Mergulho no escuro

Danielle Steel nasceu em Nova York em 1947. Seus livros já venderam mais de 500 milhões de exemplares em todo o mundo. Sua obra é best-seller em 47 países, traduzida para mais de 20 idiomas. Publicou o primeiro livro, *O apelo do amor*, em 1973, mas só se tornou um sucesso com *Segredo de uma promessa*, em 1978. É também autora de *O anjo da guarda*, *Entrega especial*, *O anel de noivado*, *Um desconhecido*, *Vale a pena viver*, *Milagre*, entre outros.

Mergulho no escuro

LIVRO VIRA-VIRA 2

Tradução de
GENI HIRATA

3ª edição

EDIÇÕES
BestBolso
RIO DE JANEIRO – 2018

CIP-BRASIL. CATALOGAÇÃO NA FONTE
SINDICATO NACIONAL DOS EDITORES DE LIVROS, RJ

Steel, Danielle, 1948-
S826s Mergulho no escuro – Livro vira-vira 2 / Danielle Steel; tradução de
3ª ed. Geni Hirata. – 3ª ed. – Rio de Janeiro: BestBolso, 2018.
12 × 18cm

Tradução de: Leap of Faith
Obras publicadas juntas em sentido contrário
Com: Segredos do passado / Danielle Steel; tradução de Eliane Fraga. – Rio de Janeiro: BestBolso, 2011
ISBN 978-85-7799-332-1

1. Romance americano. I. Hirata, Geni. II. Fraga, Eliane, 1947-. III. Título. IV. Título: Segredos do passado.

CDD: 813
11-2033 CDU: 821.111(73)-3

Mergulho no escuro, de autoria de Danielle Steel.
Título número 237 das Edições BestBolso.
Terceira edição vira-vira impressa em outubro de 2018.
Texto revisado conforme o Acordo Ortográfico da Língua Portuguesa.

Título original norte-americano:
LEAP OF FAITH

www.edicoesbestbolso.com.br

Design de capa: Simone Villas-Boas sobre foto de Eyal intitulada "Photo of a fence spikes" (Fotolia).

Impresso no Brasil

ISBN 978-85-7799-332-1

Pelos mergulhos no escuro em que me lancei
e por aqueles que seguraram a rede para mim,
meus filhos, por quem eu vivo,
Beatie, Nick, Sammie, Victoria, Vanessa,
Maxx, Zara, Trevor e Todd.

Com todo o meu amor,
d.s.

1

Marie-Ange Hawkins estendia-se na relva alta, sob uma árvore imensa e antiga, ouvindo os pássaros e observando as nuvens fofas e brancas atravessarem o céu numa manhã ensolarada de agosto. Adorava ficar deitada ali, ouvindo as abelhas, sentindo o perfume das flores e saboreando uma maçã do pomar. Ela vivia em um mundo seguro e protegido, cercada por pessoas que a amavam. Gostava particularmente de correr livremente no verão. Vivera no Château de Marmouton todos os 11 anos de sua vida, e vagava por seus bosques e montes como uma jovem corça, vadeando o pequeno córrego que os atravessava, a água na altura dos tornozelos. Havia cavalos, e vacas e um curral na parte baixa da propriedade, junto à antiga casa de fazenda. Os funcionários sempre sorriam e acenavam quando a viam. Era uma criança feliz, sorridente, e um espírito livre. Quase sempre, enquanto perambulava pelos gramados ou pegava maçãs e pêssegos no pomar, estava descalça.

– Você parece uma ciganinha! – sua mãe costumava ralhar com ela, mas sempre sorria ao dizer isso. Françoise Hawkins adorava seus dois filhos.

Robert nascera logo depois da guerra, 11 meses após seu casamento com John Hawkins. John iniciara seus negócios de exportação de vinho na mesma época e, em cinco anos, fizera uma imensa fortuna. Compraram o Château de Marmouton quando Marie-Ange nasceu, e ela cresceu ali. Frequentava a escola da vila, a mesma em que Robert estudara. E, agora, dentro de um mês, ele partiria para a Sorbonne, em Paris. Estudaria economia e, futuramente, trabalhar nos negócios do pai. A empresa crescera a passos largos e o próprio John admirava-se com o sucesso alcançado e com a situação confortável que isso lhes proporcionava. Françoise tinha muito orgulho dele. Sempre tivera. Eles tinham uma história extraordinária e romântica.

Nos últimos meses da guerra, como soldado americano, John fora lançado de paraquedas na França e quebrara uma perna ao cair em uma árvore, na pequena fazenda dos pais de Françoise. Ela e a mãe estavam sozinhas; o pai participava da Resistência e se ausentara para ir a uma das reuniões secretas que ele frequentava quase todas as noites. Elas esconderam John no sótão. Françoise tinha 16 anos na época, e ficara muito empolgada com aquele jovem alto, que tinha a beleza e o charme do meio-oeste americano. Ele era um rapaz do interior, e apenas quatro anos mais velho do que ela. Sua mãe manteve certa vigilância sobre eles, com receio de que Françoise se apaixonasse e fizesse alguma tolice. Porém, John tratava-a com muito respeito e, por fim, estava tão apaixonado quanto Françoise. Ela ensinou-lhe francês, e ele ensinou-lhe inglês, nas suas conversas sussurradas à noite, na absoluta escuridão do sótão. Nunca ousaram acender sequer uma vela, com medo de que os alemães os vissem. Ele ficou ali por quatro meses e, quando foi embora, Françoise ficou desolada. Seu pai e alguns de seus amigos o ajudaram a se reunir aos americanos e ele finalmente tomou parte na libertação de Paris. No entanto, prometera a Françoise que voltaria para buscá-la e ela não teve a menor dúvida de que ele o faria.

Os pais dela foram mortos nos últimos dias da guerra, pouco antes da libertação, e ela foi enviada a Paris, para morar com primos. Não tinha qualquer meio para se comunicar com

John, o endereço dele se perdera no caos e ela não fazia a menor ideia de que ele estava em Paris. Muito tempo depois, descobriram que estiveram a 2 ou 3 quilômetros de distância um do outro, durante a maior parte do tempo, já que ela morava perto do Boulevard Saint-Germain, e ele nunca soubera.

John fora enviado aos Estados Unidos sem que pudesse revê-la, e retornou a Iowa. Tinha suas próprias preocupações familiares. Seu pai fora morto em Guam e ele precisava tomar conta da fazenda da família junto com a mãe, irmãos e irmãs. Ele escreveu para Françoise assim que pôde, mas suas cartas não foram nem devolvidas ou respondidas. Nunca chegaram a ela. Dois anos se passaram até ele conseguir juntar dinheiro suficiente para voltar à França e tentar reencontrá-la. Estava obcecado por ela desde que partira. Quando chegou à fazenda onde a conhecera, descobriu que fora vendida. Tudo o que os vizinhos sabiam era que os pais de Françoise estavam mortos e que ela fora para Paris.

Ele partiu para a capital e usou todos os meios para localizá-la: a polícia, a Cruz Vermelha, o cartório na Sorbonne e tantas escolas locais quanto possíveis. No dia anterior à sua partida, sentado num pequeno café na Rive Gauche, como por um milagre, ele a viu, caminhando lentamente pela rua sob a chuva, com a cabeça baixa. A princípio, achou que fosse uma estranha que simplesmente se parecia com Françoise, mas olhou-a mais atentamente e, então, correu atrás dela, sentindo-se um tolo, mas sabendo que precisava tentar uma última vez. Ela desatou a chorar no instante em que o viu e atirou os braços em volta de seu pescoço.

Passaram a noite juntos na casa dos primos dela, e ele partiu para os Estados Unidos na manhã seguinte. Corresponderam-se durante um ano e, finalmente, ele voltou a Paris, dessa vez para ficar. Ela estava, então, com 19 anos, e ele com 23. Casaram-se duas semanas depois. Nos anos seguintes, dezenove ao todo, nunca se afastaram um do outro. Deixaram Paris após o nascimento de Robert, e John finalmente disse que se sentia mais à vontade na França que jamais se sentira em Iowa com os pais. Tinha que ser assim, repetiam, sorrindo um para o outro sempre que contavam sua história. Marie-Ange ouvira a história mil vezes, e as pessoas sempre diziam que era muito romântica.

Marie-Ange nunca conhecera os parentes de seu pai. Os pais dele haviam morrido quando ela nasceu, assim como seus dois irmãos. Uma irmã falecera havia poucos anos, e a outra morrera num acidente quando Marie-Ange era um bebê. O único parente vivo de John era uma tia pelo lado paterno, mas Marie-Ange sabia, pelo modo como seu pai se referia a ela, que não gostava dela. Nenhum dos seus parentes jamais viera à França, e ele afirmara mais de uma vez que eles o consideraram louco quando ele se mudou para Paris para ficar com sua mãe. Os primos de Françoise haviam morrido em um acidente quando Marie-Ange tinha 3 anos, ela não tinha avós e sua mãe não tinha irmãos ou irmãs. Dessa forma, a única família que Marie-Ange possuía era seu irmão Robert e seus pais, além de uma tia-avó que seu pai detestava, em algum lugar em Iowa. Em certa ocasião, ele explicara a Marie-Ange que ela era "mesquinha e avarenta", o que quer que isso quisesse dizer. Nem se correspondiam mais. Marie-Ange, contudo, não sentia nenhuma falta de ter uma família. Sua vida era completa e as pessoas que a rodeavam tratavam-na como uma bênção e uma alegria, e até mesmo seu nome dizia que ela era um anjo. Todos a consideravam assim, até mesmo seu irmão Robert, que adorava implicar com ela.

Ela sentiria saudade quando o irmão partisse, mas Françoise prometera a Marie-Ange que a levaria frequentemente a Paris para vê-lo. John tinha negócios na capital, e ele e Françoise adoravam passar uma ou duas noites em Paris. Quando o faziam, geralmente deixavam Marie-Ange com Sophie, a velha governanta que estava com eles desde que Robert era um bebê. Viera para o *château* com eles e vivia em uma pequena casa na propriedade. Marie-Ange adorava visitá-la, tomar chá e comer os biscoitos que Sophie fazia para ela.

A vida de Marie-Ange era perfeita em todos os aspectos. Tinha a infância com que a maioria das pessoas sonhava – liberdade, amor, segurança – e morava num belo e antigo *château*, como uma princesinha. Quando sua mãe a vestia com os lindos vestidos que trazia de Paris realmente parecia uma princesa. Ou assim dizia-lhe seu pai. Embora, quando corria descalça pelos campos, com os vestidos e macacões rasgados por subir em árvores, ele adorasse dizer que ela parecia um moleque.

– E, então, menina, o que anda aprontando? – perguntou seu irmão quando a buscou para o almoço. Sophie estava velha demais para sair correndo atrás dela, e sua mãe mandara que ele fosse procurá-la, como sempre fazia. Conhecia todos os seus lugares e esconderijos preferidos.

– Nada. – Tinha o rosto lambuzado e os bolsos cheios de caroços de pêssegos enquanto lhe sorria. Ele era alto, louro e bonito, como o pai, e Marie-Ange também. Com seus cachos louros e olhos azuis, tinha o rosto de um anjo. Somente Françoise tinha cabelos escuros e grandes olhos castanho-aveludados. Seu marido sempre lhe dizia que desejava que tivessem outro filho, para que se parecesse com ela, mas havia muito do jeito matreiro e divertido de Françoise no espírito de Marie-Ange.

– Mamãe disse que está na hora de você entrar para almoçar – advertiu Robert, conduzindo-a como a um pequeno potro. Não queria admitir isso a ela, mas sabia o quanto sentiria sua falta quando fosse para Paris. Desde que começara a andar, ela passara a ser sua sombra.

– Não estou com fome – disse a criança, sorrindo para ele.

– Claro que não; você come frutas o dia todo. Não sei como não tem uma dor de barriga.

– Sophie disse que é bom para mim.

– O almoço também é. Vamos, papai já vai chegar. Você precisa lavar o rosto e calçar os sapatos.

Tomou-a pela mão e ela o seguiu para casa, rindo, brincando e pulando à sua volta como um cachorrinho.

Quando sua mãe a viu, gemeu diante do estado da menina.

– Marie-Ange – disse-lhe em francês. Somente John falava com Marie-Ange em inglês, e ela era muito fluente, embora tivesse um sotaque. – Esse vestido que você colocou era novo hoje de manhã. Agora está em frangalhos. – Françoise revirou os olhos, mas nunca parecia zangada. Quase sempre divertia-se com as travessuras da filha.

– Não, *maman*, é só o avental que está rasgado. O vestido ainda está perfeito – garantiu-lhe Marie-Ange com um sorriso encabulado.

– Graças à misericórdia divina. Vá lavar o rosto e as mãos e calce os sapatos. Sophie vai ajudá-la.

A mulher, com seu vestido preto surrado e avental imaculadamente branco, seguiu Marie-Ange para fora da cozinha, até seu quarto, no último andar do *château*. Não era fácil para ela subir e descer escadas, mas iria aos confins da Terra pelo seu "neném". Cuidara de Robert quando ele nasceu e se enchera de alegria quando Marie-Ange chegou, de surpresa, sete anos depois. Adorava toda a família Hawkins como se fossem seus filhos. Sophie também tinha uma filha, mas ela morava na Normandia e raramente se viam. Ela nunca admitiria, mas dedicava-se muito mais aos filhos dos Hawkins que jamais se dedicara à própria filha. Assim como Marie-Ange, estava triste com a partida de Robert para estudar em Paris, mas sabia que seria bom para ele e que poderia vê-lo quando viesse para casa nos feriados e nas férias.

John fizera comentários sobre enviar o filho aos Estados Unidos, para estudar por um ano, mas Françoise não gostou da ideia e o próprio Robert finalmente admitiu que não queria ir para tão longe. Formavam uma família muito unida e ele tinha muitos amigos na região. Paris era suficientemente longe para ele que, como sua mãe e sua irmã, era profundamente francês, apesar do pai americano.

John estava sentado à mesa da cozinha quando Marie-Ange desceu. Françoise acabara de servir-lhe uma taça de vinho, e uma menor para Robert. Tomavam vinho em todas as refeições e, às vezes, davam um pouco para Marie-Ange, em um copo. John adaptara-se facilmente aos costumes franceses. Conduzia seus negócios na França havia anos, mas falava com os filhos em inglês para que aprendessem a língua. E Robert era muito mais fluente que a irmã.

A conversa durante o almoço estava animada, como sempre. John e Robert falavam sobre negócios, enquanto Françoise comentava as notícias locais e controlava Marie-Ange para que não fizesse muita sujeira enquanto comia. Embora tivesse permissão para vagar pelos campos, sua educação era formal e tinha excelentes modos, quando resolvia usá-los.

– E você, filha, o que fez hoje? – perguntou-lhe seu pai, desgrenhando seus cachos com uma das mãos enquanto Françoise servia-lhe uma xícara de café forte e fumegante.

– Ela andou depenando sua horta, *papa* – disse Robert, rindo, enquanto Marie-Ange olhava de um para o outro, divertida.

– Robert diz que comer muitos pêssegos me dará dor de barriga, mas não dá – disse ela, orgulhosamente. – Vou percorrer a fazenda depois – afirmou, como uma jovem rainha planejando uma visita aos súditos. Marie-Ange nunca conhecera alguém de quem não gostasse, nem alguém que não a achasse encantadora. Ela era uma criança de ouro, e Robert a amava de modo especial. Por causa da diferença de idade, nunca houvera ciúmes entre eles.

– Logo você precisará voltar para a escola – seu pai lembrou-a. – As férias já estão acabando. – Esse comentário fez Marie-Ange franzir o cenho. Sabia que isso significava que o irmão partiria e, quando chegasse a hora, todos sabiam que seria muito difícil para ela, como também para ele, embora estivesse entusiasmado com a aventura de morar em Paris.

ASSIM QUE O GRANDE dia da partida de Robert chegou, Marie-Ange levantou-se ao amanhecer e estava escondida no pomar quando o irmão veio procurar por ela, antes do café da manhã.

– Não vai tomar café comigo antes de eu ir? – perguntou ele. Ela olhou-o solenemente e sacudiu a cabeça. Ele logo percebeu que ela andara chorando.

– Não quero.

– Não pode ficar sentada aqui o dia todo, venha tomar um *café au lait* comigo. – Era proibido para ela, mas ele sempre deixava que tomasse longos goles de sua xícara. O que ela mais gostava era dos *canards* que ele a deixava fazer, mergulhando torrões de açúcar em seu café até ficarem embebidos. Jogava-os na boca com um ar de êxtase, antes que Sophie a visse.

– Não quero que vá para Paris – disse Marie-Ange, com os olhos cheios de lágrimas novamente, enquanto ele a tomava ternamente pela mão e a levava para o *château*, onde seus pais os aguardavam.

– Não vou ficar longe, muito tempo. Passarei um longo fim de semana em casa no Dia de Todos os Santos. – Era o primeiro feriado no calendário escolar que a Sorbonne lhe enviara, e seria dali a apenas dois meses, mas parecia uma eternidade para sua irmãzinha. – Você nem vai sentir minha falta. Estará ocupada demais torturando Sophie, papai e mamãe, e terá todos os seus amigos da escola para brincar.

– Por que você precisa ir para essa Sorbonne? – queixou-se, limpando os olhos com as mãos ainda sujas de terra do pomar, e ele riu quando olhou para ela. Seu rosto estava tão sujo que ela parecia um moleque de rua. Era tão mimada, tão amada e tão protegida... Era realmente o bebê da casa.

– Tenho que completar meus estudos, para poder ajudar *papa* nos negócios. E logo você irá também, a menos que pretenda ficar subindo em árvores para sempre. Aposto que você gostaria disso. – Ela sorriu-lhe em meio às lágrimas e sentou-se ao seu lado na mesa do café.

Françoise vestia um elegante conjunto azul-marinho, que comprara em Paris no ano anterior, e o pai usava calças cinza, blazer e uma gravata Hermès azul-escuros que Françoise lhe dera. Formavam um casal extraordinário. Ela estava com 38 anos, e parecia ter dez a menos, com uma aparência esbelta e jovial, um lindo rosto, sem rugas, e os mesmos traços delicados de que John se lembrava do dia em que a conhecera. E ele era tão bonito e louro como na época em que caíra de paraquedas na fazenda dos pais de Françoise.

– Deve prometer, Marie-Ange, que obedecerá a Sophie enquanto eu estiver fora. – advertiu Françoise, enquanto Robert passava-lhe furtivamente, por baixo da mesa, um *canard* pingando café e a menina o jogava na boca com um olhar agradecido. – Não vá para longe, onde ela não consiga encontrá-la. – Ela própria recomeçaria as aulas em dois dias e a mãe esperava que isso mantivesse sua mente longe do irmão. – Seu pai e eu estaremos de volta no fim de semana. – Porém, sem Robert. Parecia uma tragédia para sua irmãzinha.

– Eu telefono de Paris para você – prometeu o irmão.

– Todos os dias? – perguntou-lhe Marie-Ange com os imensos olhos azuis, tão semelhantes aos seus e aos de seu pai.

– Sempre que eu puder. Estarei muito ocupado com minhas aulas, mas eu telefono.

Deu-lhe um grande abraço, apertou-a contra o peito e beijou-a nas bochechas quando se afastou, e entrou no carro com seus pais. Cada um deles tinha uma pequena mala de viagem no porta-malas e, pouco antes de fechar a porta, Robert enfiou um pequeno embrulho na mão dela e disse-lhe para usá-lo. Ela ainda segurava-o quando o carro se afastou, deixando-a ao lado de Sophie, chorando e acenando. Assim que retornou à cozinha, Marie-Ange abriu o presente e encontrou um pequeno medalhão de ouro, com uma foto dele, sorrindo. Ela lembrou-se da fotografia, tirada no Natal anterior. Na outra metade do medalhão, ele colocara uma pequena foto de seus pais, feita no mesmo dia. Era uma joia muito bonita, e Sophie ajudou-a a fechar o delicado cordão de ouro em que estava pendurada.

– Que lindo presente Robert lhe deu! – exclamou Sophie, enxugando os olhos e tirando a mesa do café, enquanto Marie-Ange admirava o medalhão no espelho do corredor. Sorriu para o espelho e sentiu novamente uma pontada de solidão ao olhar o rosto de seu irmão na fotografia e a foto de seus pais. Sua mãe dera-lhe dois grandes beijos antes de partir e seu pai abraçara-a e desgrenhara seus cachos como sempre, fazia, prometendo pegá-la na escola no sábado ao meio-dia, quando voltassem de Paris. A casa parecia vazia sem eles. Passou pelo quarto de Robert a caminho de seu próprio quarto. Depois sentou-se na cama por algum tempo, pensando no irmão.

Ainda estava sentada ali, com o olhar perdido, quando Sophie veio buscá-la, meia hora mais tarde.

– Quer ir à fazenda comigo? Tenho que pegar uns ovos e prometi levar uns pãezinhos para madame Fournier.

Marie-Ange, entretanto, apenas sacudiu a cabeça tristemente. Nem mesmo os prazeres da fazenda a atraíam naquela manhã. Já sentia falta do irmão. Sem ele, o inverno seria longo e solitário em Marmouton. Sophie resignou-se em ir à fazenda sozinha.

– Volto na hora do almoço, Marie-Ange. Não saia do jardim, não quero precisar procurá-la por toda parte. Promete?

– *Oui*, Sophie – disse, diligentemente. Não tinha vontade de ir a lugar algum, mas, depois que Sophie se foi, ela saiu para o jardim e não encontrou nada para fazer ali. Resolveu descer até o pomar e pegar algumas maçãs. Sabia que Sophie faria uma *tarte tatin* com elas, se trouxesse bastante maçãs em seu avental.

Até mesmo Sophie estava deprimida quando voltou ao meio-dia e fez uma sopa e um *croque madame* para Marie-Ange. Normalmente, aquele era seu almoço favorito, mas ela apenas beliscou a comida. Nenhuma delas sentia-se bem-disposta. Depois do almoço, Marie-Ange voltou ao pomar para brincar e, por algum tempo, ficou apenas deitada ali, na relva, fitando o céu, como costumava fazer, e pensando no irmão. Permaneceu deitada por um longo tempo e a tarde já findava quando começou a andar em direção a casa, descalça e tão desalinhada como sempre ficava àquela hora. Notou que o carro da polícia estava estacionado no pátio. Nem mesmo isso a animou. Os policiais costumavam passar pela casa de vez em quando, para cumprimentá-las, tomar chá com Sophie e ver como estavam. Imaginou se saberiam que seus pais viajaram para Paris. Quando entrou na cozinha, viu um policial sentado com Sophie e notou que a governanta chorava. Presumiu que ela contava ao policial que Robert se mudar para Paris. Ao pensar nisso Marie-Ange levou a mão ao medalhão. Tocara-o inúmeras vezes durante toda a tarde, para senti-lo e certificar-se de que não o perdera no pomar. Quando avançou pela cozinha, tanto o policial quanto Sophie pararam de falar. A mulher olhou-a com tal desolação que Marie-Ange fitou-a, perguntando-se o que teria acontecido. Era algo mais do que apenas Robert ter partido, podia perceber. Imaginou se alguma coisa havia acontecido à filha de Sophie, mas nenhum deles pronunciou sequer uma palavra, apenas a olhavam fixamente enquanto Marie-Ange sentia um estranho calafrio percorrer seu corpo.

Houve uma pausa infindável enquanto Sophie olhava para o policial e, em seguida, para a criança, depois estendeu os braços para ela.

– Venha sentar-se aqui, querida. – Indicou seu colo, o que não fazia havia muito tempo, porque Marie-Ange já estava quase de seu tamanho. Assim que Marie-Ange se sentou em seu colo, sentiu os braços velhos e frágeis envolverem-na. Sophie não conseguia falar, contar a Marie-Ange o que acabara de ouvir, e o policial pôde ver que seria ele quem teria que lhe dar a notícia.

– Marie-Ange – disse, gravemente, enquanto ela sentia Sophie tremendo às suas costas. Repentinamente, tudo o que queria fazer era tapar os ouvidos e correr. Não queria ouvir nada do que ele lhe diria, mas não pôde impedi-lo. – Houve um acidente, na estrada para Paris. – Ela ouviu a própria respiração suspensa e sentiu o coração se acelerar. Que acidente? Não podia ser. Mas alguém deve ter se ferido, para ele ter vindo até aqui, e só podia rezar para que não houvesse sido Robert. – Um terrível acidente – continuou deliberadamente enquanto Marie-Ange sentia o terror avolumar-se como uma onda gigante. – Seus pais e seu irmão... – ele começou enquanto Marie-Ange dava um salto do colo de Sophie e tentava sair correr da cozinha, mas ela a agarrou e segurou-a pelo braço com firmeza. Por mais que não quisesse, sabia que precisava ouvir. – Todos os três morreram. O carro bateu em um caminhão, que derrapou na estrada, e eles morreram na hora. A polícia rodoviária acabou de ligar. – Suas palavras encerraram-se tão bruscamente quanto haviam começado e Marie-Ange ficou paralisada, sentindo o coração bater com força e ouvindo o tique-taque do relógio no silêncio da cozinha. Olhou-o enfurecida.

– Não é verdade! – gritou em seguida. – É *mentira*! Meus pais e Robert não morreram em um acidente! Eles estão em Paris.

– Não chegaram até lá – disse ele, pesarosamente, enquanto Sophie deixava escapar um soluço e, no mesmo instante, Marie-Ange começava a chorar freneticamente e a debater-se contra a poderosa mão que a segurava. Sem saber o que fazer, e não querendo machucá-la, soltou-a. Como um torpedo, ela atravessou a porta e correu na direção do pomar. Ele não sabia ao certo o que deveria fazer e voltou-se para Sophie em busca de uma orientação. Não tinha filhos e aquela não era uma tarefa agradável. – Devo ir atrás dela? – Sophie, porém, apenas sacudiu a cabeça e enxugou os olhos no avental.

– Deixe-a por enquanto. Irei atrás dela daqui a pouco. Ela precisa de um pouco de tempo para absorver tudo isso. – No entanto, tudo o que Sophie conseguia fazer era chorar, lamentar as mortes e imaginar o que aconteceria a ela e a Marie-Ange. Era tão impensável, insuportável; aquelas três pessoas adoráveis mortas. A cena que o policial descrevera era tão terrível que Sophie mal pôde ouvi-lo. Tudo o que podia desejar é que houvesse sido indolor. Tudo o que podia fazer era preocupar-se com Marie-Ange e com o que aconteceria a ela sem os pais. Quando lhe perguntou, o policial disse que não fazia a menor ideia e que tinha certeza de que um advogado da família entraria em contato com elas sobre as providências a serem tomadas. Ele não saberia responder as perguntas de Sophie.

Já escurecia quando ela saiu para encontrar Marie-Ange, depois que o policial foi embora, mas não foi difícil achá-la. Estava sentada junto a uma árvore, com o rosto enterrado nos joelhos, como uma pequena bola angustiada, soluçando. Sophie não disse nada, mas abaixou-se e sentou-se a seu lado.

– É a vontade de Deus, Marie-Ange. Ele os levou para o céu – disse em meio às próprias lágrimas.

– Não, não levou, não – insistia ela. – E, se levou, eu o odeio.

– Não fale assim. Temos que rezar por eles. – Enquanto falava, tomou Marie-Ange nos braços e ficaram sentadas ali por muito tempo, chorando juntas, enquanto Sophie balançava-a ternamente, para a frente e para trás, abraçando-a. Era noite quando finalmente voltaram; Sophie amparando-a com o braço ao redor de seus ombros. Marie-Ange parecia atordoada e confusa enquanto dirigia-se para o *château*. Em seguida, ergueu os olhos aterrorizados para Sophie, quando chegaram ao pátio.

– O que vai acontecer com a gente? – perguntou com um fio de voz, os olhos fitos nos da velha governanta. – Continuaremos aqui?

– Espero que sim, meu amor. Não sei – respondeu honestamente. Não queria lhe fazer promessas que não poderia cumprir e não fazia a menor ideia do que aconteceria. Sabia que não havia avós, nenhuma família, ninguém que houvesse vindo visitá-los dos Estados Unidos. Até onde sabia, não havia nenhum parente, e Sophie acreditava, e Marie-Ange sentia, que ela estava sozinha no mundo. Ao contemplar o futuro sem seus pais ou Robert, Marie-Ange sentiu uma onda de terror dominá-la, como se estivesse se afogando. Pior ainda, nunca mais veria seus pais e seu irmão novamente, e a vida segura, protegida, amorosa que conhecera terminara tão bruscamente, como se ela houvesse morrido com eles.

2

O funeral foi realizado na capela da propriedade, em Marmouton, e reuniu uma grande multidão vinda das fazendas vizinhas e da vila. Os amigos de seus pais e de Robert compareceram, toda a sua turma da escola, aqueles que ainda não haviam partido para alguma universidade longe dali, bem como os sócios e os empregados de seu pai. Prepararam uma refeição no *château* e todos foram comer, beber e conversar depois da cerimônia, mas não havia ninguém a consolar, exceto a filha que deixaram e a governanta que a adorava.

No dia seguinte ao funeral, o advogado de seu pai explicou-lhes a situação. Marie-Ange tinha um único parente vivo, a tia de seu pai, Carole Collins, em um lugar chamado Iowa. Marie-Ange só se lembrava de alguém mencioná-la uma ou duas vezes e de que seu pai não gostava dela. Ela nunca viera à França, nunca se visitaram ou mantiveram correspondência. Marie-Ange não sabia nada a seu respeito.

O advogado disse-lhes que telefonara para ela e que ela estava disposta a aceitar que Marie-Ange fosse viver com ela. O advogado se encarregaria de "dispor" do *château* e dos negócios de seu pai, disse, o que nada significava para Marie-Ange, aos 11 anos. Disse ainda que havia algumas "dívidas", que também era um termo misterioso para ela, e falou sobre os bens de seus pais enquanto Marie-Ange fitava-o entorpecida.

– Ela não pode continuar a viver aqui, senhor? – perguntou Sophie, através das lágrimas, e ele sacudiu a cabeça. Não poderia deixar uma menina tão pequena sozinha em um *château*, apenas com uma empregada velha e frágil para cuidar dela. Decisões precisariam ser tomadas, sobre sua educação e sua vida, e não se podia esperar que Sophie arcasse com essas responsabilidades. O pessoal do escritório de John lhe informara que a idosa governanta tinha uma saúde precária e parecia-lhe melhor mandar a criança para ser educada por parentes que cuidariam dela e tomariam as decisões certas, por melhores que fossem as intenções de Sophie. Disse que poderia oferecer uma pensão a Sophie e ficou enternecido ao ver que isso não tinha a menor importância para ela. Estava somente preocupada com o que aconteceria a Marie-Ange, sendo enviada para viver com estranhos. Sophie estava desesperadamente preocupada com ela. A menina mal comia desde o dia em que os pais morreram, e estava inconsolável. Tudo o que fazia era ficar deitada na relva alta, perto do pomar, com os olhos fixos no céu.

– Tenho certeza de que sua tia é uma mulher muito boa – disse ela diretamente a Marie-Ange, para tranquilizá-la.

Marie-Ange apenas continuou a fitar o advogado, incapaz de revelar que seu pai dissera que sua tia era "mesquinha e avarenta". Não parecia "muito boa" para Marie-Ange.

– Quando irá mandá-la para lá? – perguntou Sophie, num sussurro, depois que Marie-Ange saiu. Não podia sequer pensar em se separar dela.

– Depois de amanhã – disse enquanto a mulher soluçava. – Eu mesmo a levarei de carro a Paris e a colocarei no avião. Ela voará para Chicago e depois trocará de avião. A tia mandará alguém pegá-la no aeroporto e levá-la até a fazenda. Acho que é onde o Sr. Hawkins foi criado – disse ele em um tom tranquilizador, mas a perda era grande demais para que pudesse ser confortada. Sophie perdera não só os patrões que admirava e amava e o garoto de quem cuidara desde que nascera, mas estava prestes a perder também a criança que adorara desde que pusera os olhos nela pela primeira vez. Marie-Ange era um raio de sol para todos que a conheciam. Nenhuma pensão jamais a compensaria pelo que estava prestes a perder. Era quase como perder a própria filha e, de certa forma, ainda mais difícil, porque a criança precisava dela e era tão vulnerável e meiga.

– Como saberemos se serão bons para ela? – perguntou Sophie com um olhar angustiado. – E se ela não for feliz?

– Ela não tem escolha – respondeu-lhe sem rodeios. – É seu único parente. Ela deve ir morar nos Estados Unidos e é uma felicidade que a Sra. Collins queira aceitá-la.

– Ela tem filhos? – perguntou Sophie, agarrando-se a alguma esperança de que Marie-Ange encontraria consolo e amor.

– Acho que é bastante idosa, mas parece inteligente e sensata. Ficou surpresa quando liguei, mas desejosa de cuidar da criança. Disse para mandá-la com roupas quentes; faz muito frio no inverno.

No que dizia respeito a Sophie, Iowa poderia até ser na lua. Não suportava a ideia de enviar Marie-Ange para longe e prometeu mandar todas as roupas quentes que pudesse e tudo o mais que Marie-Ange amava em seu quarto, brinquedos e bonecas, e fotos de Robert e dos pais, para que ao menos tivesse objetos familiares com ela.

Conseguiu arrumar tudo em três malas enormes, e o advogado não fez qualquer comentário em relação à quantidade de bagagem quando veio buscar Marie-Ange. Ao observá-la, sentiu o coração doer. Ela parecia ter sofrido um golpe tão letal que mal podia suportar o que acontecera. Havia uma expressão de choque e agonia em seus olhos, que somente piorou quando soluçava nos braços de Sophie, e a mulher parecia igualmente transtornada enquanto a abraçava. Ele ficou ali por dez minutos, sentindo-se impotente e desconfortável enquanto ambas choravam e, finalmente, tocou delicadamente no ombro da criança.

– Temos que ir, Marie-Ange. Não podemos perder o avião em Paris.

– Sim, eu podemos – soluçava, desesperadamente. – Não quero ir para Iowa. Quero ficar aqui. – Ele não a lembrou de que o *château* seria vendido, com o tudo que havia nele. Não havia razão para mantê-lo, com Marie-Ange sendo tão jovem e partindo para tão longe. Sua vida no Château de Marmouton acabara e, quer ele dissesse isso ou não, ela sabia. Olhou angustiada à sua volta antes de partirem, como se tentasse absorver tudo o que havia a seu redor. Sophie prometeu escrever para ela todos os dias e ainda soluçava inconsolavelmente quando se afastaram. O carro já desaparecera quando a velha mulher caiu de joelhos no pátio, soluçando angustiada. Depois que partiram, entrou na cozinha e, em seguida, foi para sua casinha, arrumar seus pertences. Deixou-a impecavelmente arrumada, deu um último olhar em volta, e saiu para o sol de setembro, trancando a porta atrás de si. Havia combinado de ficar com seus amigos na fazenda por algum tempo e, depois, precisaria ir para a Normandia viver com a filha.

Na longa viagem de carro para Paris, Marie-Ange não disse uma única palavra ao advogado de seus pais. No começo, ele fez algumas tentativas de conversar, mas finalmente desistiu. Ela nada tinha a dizer, e ele sabia que havia pouco, ou nada, que pudesse consolá-la. Ela simplesmente teria que aprender a conviver com aquilo e começar uma vida nova com a tia-avó em Iowa. Tinha certeza de que, com o tempo, ela seria feliz. Não poderia permanecer inconsolável para sempre.

No caminho, pararam para almoçar, mas ela não comeu absolutamente nada, e quando lhe ofereceu um sorvete no aeroporto, mais tarde, ela sacudiu a cabeça e recusou. Os olhos azuis pareciam imensos em seu rosto e os cachos, ligeiramente desgrenhados, mas Sophie vestira-a com um lindo vestido azul, com uma pala bordada na frente, que sua mãe comprara para ela em Paris. Usava, também, um casaquinho azul combinando. Calçava seus melhores sapatos, de couro legítimo, e usava o medalhão de ouro que fora o último presente de seu irmão. Seria impossível imaginar, ao vê-la, que passara todo o verão correndo descalça e desgrenhada pelo pomar. Parecia uma princesinha trágica quando embarcou no avião, e ele ficou parado por um longo instante, observando-a, mas ela não se virou para acenar um adeus. Não disse nada além de um educado "*Au revoir, monsieur*" quando apertou sua mão e a aeromoça conduziu-a para o avião que a levaria a Chicago. Ele explicara-lhes discretamente que ela perdera toda a família e estava sendo enviada para viver com parentes em Iowa. Era fácil constatar que ela estava desesperadamente infeliz.

A chefe das comissárias de bordo condoeu-se de Marie-Ange e prometeu tomar conta dela durante o voo e colocá-la a salvo na conexão quando chegassem a Chicago. Agradeceu-lhe educadamente, mas seu coração doía ao pensar no que Marie-Ange passava. Ficara contente por ela ao menos ter uma tia-avó.

O advogado ficou ali até o avião levantar voo e, depois, saiu para enfrentar o longo trajeto de volta a Marmouton, pensando não só na criança, mas no trabalho que ainda tinha por fazer, desfazendo-se de todos os bens, do *château* e dos negócios do pai da menina. Ficava aliviado, pelo bem dela, que seu pai houvesse deixado os negócios em ordem.

Marie-Ange permaneceu acordada a maior parte da noite e, somente depois de insistirem diversas vezes, beliscou um pequeno pedaço de frango e deu umas mordidas no pão. Fora isso, não comeu nada e não disse uma palavra. Olhou fixamente pela janela durante a maior parte da noite, como se pudesse ver algo, mas nada havia para ver, nada com o que sonhar, nada para lhe dar esperança. Aos 11 anos, sentia como se toda a sua vida houvesse ficado para trás. Quando finalmente fechou os olhos, pôde ver seus rostos com tanta clareza como se olhasse as fotos no medalhão. Levava uma fotografia de Sophie também e o endereço de sua filha. Marie-Ange prometera escrever para ela assim que chegasse à fazenda de sua tia-avó, e Sophie prometera responder.

Chegaram a Chicago às 21 horas, hora local, e uma hora depois ela estava no voo para Iowa, com suas três enormes malas despachadas na bagagem. Às 23h30, o avião aterrissou em Fort Dodge, com Marie-Ange ainda olhando pela janela. Estava escuro e quase não podia ver nada, mas a região se mostrava plana por quilômetros ao redor. O aeroporto pareceu minúsculo quando a aeromoça ajudou Marie-Ange a descer as escadas para a pista e a andar até o terminal, onde um homem com um chapéu de caubói de abas largas a aguardava. Ele usava bigode e tinha olhos graves e escuros. Marie-Ange pareceu ter medo dele quando se apresentou à aeromoça como o capataz de sua tia-avó. A Sra. Collins dera-lhe uma carta que o autorizava a pegar Marie-Ange, e a aeromoça responsável por ela entregou-lhe seu passaporte. A aeromoça, então, despediu-se, o capataz segurou a mão de Marie-Ange e foram buscar as malas. Ficou admirado com o tamanho e a quantidade de malas, e sorriu para ela.

– Ainda bem que eu vim na minha caminhonete, não é? – disse, mas ela não respondeu. Ocorreu-lhe, de repente, que talvez ela não falasse inglês, apesar de seu pai ser americano. Tudo que dissera foi "*good-bye*" à aeromoça, e ele notara um forte sotaque francês. Não era de admirar; ela crescera na França e a mãe era francesa. – Está com fome? – perguntou ele, pronunciando as palavras distintamente para que ela o entendesse. Ela sacudiu a cabeça e nada disse.

Chamou um carregador para levar uma das malas até a caminhonete, e carregou as outras duas. No caminho, disse-lhe que seu nome era Tom e que trabalhava para sua tia Carole. Marie-Ange ouviu e balançou a cabeça enquanto ele se perguntava se ela ficara muda com o trauma da morte de sua família ou se era apenas tímida. Havia um olhar de tristeza nos olhos dela que partia seu coração.

– Sua tia é uma boa pessoa – disse, para tranquilizá-la, quando começou a dirigir, com as malas na traseira da caminhonete. Marie-Ange não fez nenhum comentário. Já a odiava por tirá-la de sua casa e de Sophie. Marie-Ange queria muito ter permanecido na França. Mais do que qualquer um deles poderia imaginar.

Viajaram por uma hora e já era quase 1 hora quando ele saiu da autoestrada e entrou numa estrada secundária, por onde seguiram, aos solavancos, por alguns minutos. Então, viu uma enorme casa assomar no meio da noite. Viu dois silos, um celeiro e algumas outras edificações. Pareceu-lhe um lugar enorme, mas tão diferente de Marmouton como se fosse em outro planeta. Para Marie-Ange, bem poderia ser. Quando pararam diante da casa, ninguém veio ao seu encontro. Em vez disso, Tom tirou suas malas da caminhonete e entrou na velha e um tanto dilapidada cozinha da fazenda. Marie-Ange ficou parada, hesitante, na soleira da porta atrás dele. Parecia ter medo do que encontraria quando entrasse. Ele voltou-se para ela com um sorriso amável, fazendo-lhe sinal para que entrasse.

– Venha, Marie – disse, omitindo metade de seu nome. – Encontrarei sua tia Carole. Ela disse que ficaria acordada, esperando por você. – Marie-Ange viajava havia 22 horas e parecia exausta, mas seus olhos estavam arregalados enquanto o observava. Deu um salto quando ouviu um barulho e, em seguida, viu uma mulher idosa em uma cadeira de rodas, observando-os de um aposento fracamente iluminado atrás dela. Era uma visão aterradora para uma criança de 11 anos.

– É uma tolice usar um vestido como esse em uma fazenda – disse a mulher como saudação. Tinha as feições duras e angulares e olhos que apenas vagamente lembravam os do pai de Marie-Ange. Suas mãos eram longas e ossudas, pousadas nas rodas da cadeira. Marie-Ange ficou perplexa ao ver que ela era inválida. – Parece que vai a uma festa. – Não era um elogio, mas uma crítica, e Sophie havia colocado em sua mala muitos outros vestidos "tolos" como aquele.

– Você fala inglês? – perguntou bruscamente a mulher que Marie-Ange presumia que fosse sua tia-avó, e a menina assentiu. – Obrigada por pegá-la no aeroporto, Tom – disse ao capataz.

Ele bateu levemente no ombro de Marie-Ange ao sair, como se quisesse encorajá-la. Tinha seus filhos e netos, e sentia pena da menina que estava tão longe de casa, por razões tão trágicas. Era uma linda criança e parecera aterrorizada durante todo o trajeto do aeroporto, apesar dos esforços dele para tranquilizá-la. Sabia que Carole Collins não era uma mulher acolhedora. Não tivera filhos e nunca parecera interessada em crianças. Os filhos de seus empregados e amigos não significavam nada para ela. Era uma ironia que, tão tarde na vida, seu caminho fosse atravessado por essa menina. O capataz esperava que isso a enternecesse um pouco.

– Deve estar cansada – disse ela, olhando para Marie-Ange, quando ficaram sozinhas na cozinha. Marie-Ange precisou reprimir as lágrimas, sentindo falta do abraço reconfortante de Sophie. – Poderá ir para a cama em um minuto.

Marie-Ange estava cansada, porém, mais que isso, estava finalmente com fome, mas Carole Collins foi a primeira pessoa naquela noite que não lhe ofereceu algo para comer, e Marie-Ange tinha medo de pedir-lhe.

– Tem alguma coisa a dizer? – perguntou, olhando diretamente para Marie-Ange. A menina achou que fosse uma repreensão por não lhe agradecer.

– Obrigada por me deixar vir – disse num inglês correto, mas com sotaque.

– Acho que não tivemos muita escolha – disse Carole Collins, sem rodeios. – Vamos ter de fazer o melhor que pudermos. Há trabalhos que você pode fazer aqui. – Queria deixar tudo claro desde o início. – Espero que tenha trazido algo mais apropriado para vestir – disse, por cima do ombro, enquanto girava a cadeira de rodas com agilidade.

Carole Collins tivera poliomielite quando criança e nunca recuperara o movimento completo das pernas. Embora fosse capaz de se locomover com muletas, preferia não fazê-lo. A cadeira de rodas era menos humilhante e mais eficiente. Usava-a havia mais de cinquenta anos. Fizera 70 anos em abril daquele ano. Seu marido morreu na guerra e nunca voltara a se casar. A fazenda fora do pai dela, e ela a administrava bem. Quando seu irmão morreu, anexou as terras dele à sua propriedade. O irmão dela era o pai de John; a mulher dele casara-se novamente e se mudara, ficando feliz por sua cunhada comprar as terras que pertenceram a seu marido. Carole Collins era a única sobrevivente da família. Sabia muito sobre fazendas e absolutamente nada sobre crianças.

Ela cedeu o quarto extra para Marie-Ange e não estava contente com isso, embora raramente tivesse visitas. Ainda assim, Carole achava um desperdício de um bom quarto. Ela conduziu Marie-Ange, pela sala fracamente iluminada e por um longo e escuro corredor. Marie-Ange reprimiu as lágrimas a cada passo, pela tristeza, terror e cansaço. O quarto que viu quando Carole acendeu a luz era modesto e árido. Havia uma cruz em uma das paredes e uma gravura de Norman Rockwell na outra. A cama era de metal, com um colchão fino, e havia dois lençóis e um cobertor perfeitamente dobrados sobre ela, um único travesseiro e uma toalha. Havia um pequeno closet e uma cômoda estreita, e até Marie-Ange podia ver que não haveria espaço para guardar tudo o que ela trouxera nas três malas enormes, mas enfrentaria esse dilema pela manhã.

– O banheiro fica no final do corredor – explicou Carole. – Você o divide comigo, portanto não passe muito tempo ali, mas acho que ainda não tem idade suficiente para isso.

Marie-Ange aquiesceu. Sua mãe sempre gostara de tomar banhos longos e relaxantes e, quando saíam, ela passava um longo tempo fazendo a maquiagem. Marie-Ange adorava sentar e observá-la, mas Carole Collins não usava maquiagem e vestia calças jeans e uma camisa masculina. Os cabelos grisalhos eram cortados curtos, assim como as unhas. Não havia nela qualquer toque de feminilidade. Parecia simplesmente velha e ranzinza, para Marie-Ange, enquanto se entreolhavam.

– Imagino que saiba arrumar a cama. Se não souber, pode descobrir sozinha – disse, sem nenhuma cordialidade. Marie-Ange assentiu. Sophie ensinara-lhe a arrumar a cama havia muito tempo, embora nunca houvesse sido muito boa nisso e, quando Sophie a ajudava, Robert sempre se queixava de precisar arrumar sua cama sozinho.

As duas parentes distantes se olharam por um longo instante enquanto Carole estreitava os olhos, analisando-a.

– Você se parece muito com seu pai quando criança. Não o via havia vinte anos – acrescentou, porém sem muito pesar, enquanto a palavra "mesquinha" vinha à mente de Marie-Ange e começava a fazer sentido para ela. Sua tia-avó parecia fria, rude e infeliz; talvez por estar em uma cadeira de rodas, concluiu. No entanto, teve a consideração de não lhe perguntar a respeito. Sabia que sua mãe não gostaria que ela o fizesse. – Não o via desde que foi para a França. Sempre me pareceu uma loucura, quando havia tanta coisa a fazer aqui. Foi difícil para o pai dele tocar a fazenda sozinho, mas ele não pareceu se importar muito. Acho que ele foi atrás de sua mãe. – Ela disse isso como uma acusação, e Marie-Ange teve a sensação de que ela esperava que pedisse desculpas por isso, mas não o fez. Podia compreender por que ele fora para Paris. A casa em que estava era triste e deprimente, e sua tia podia ser qualquer coisa, menos amistosa. Imaginou se o restante da família fora como Carole Collins. Ela era tão diferente de sua mãe, que era carinhosa, amável, alegre, cheia de vida e muito, muito bonita. Não era de admirar que seu pai houvesse ido a seu encontro, particularmente se as outras mulheres de Iowa fossem como esta. Se Marie-Ange fosse mais velha, teria compreendido que Carole Collins era, mais que qualquer outra coisa, amarga. A vida não fora generosa com ela, aleijando-a com tão pouca idade e tirando seu marido alguns anos mais tarde. Houvera bem pouca alegria em sua vida e ela nada tinha a oferecer.

– Acordarei você quando eu acordar – avisou, e Marie-Ange imaginou quando seria, mas não ousou perguntar. – Pode me ajudar a preparar o café da manhã.

– Obrigada – Marie-Ange murmurou, com as lágrimas assomando aos olhos, mas a velha mulher pareceu não notar. Virou-se e se afastou em sua cadeira de rodas enquanto Marie-Ange fechava a porta do quarto, sentava-se na cama e começava a chorar. Recompôs-se finalmente e arrumou a cama. Depois, revirou as malas até encontrar suas camisolas, perfeitamente dobradas por Sophie. Tinham pequenos bordados, que Sophie havia feito com suas mãos enrijecidas, eram do mais fino algodão e, como tudo o mais que lhe pertencia, foram compradas em Paris. De algum modo, Marie-Ange sabia que Carole Collins jamais vira algo assim e nunca se importaria.

Marie-Ange ficou deitada no escuro por um longo tempo naquela noite, imaginando o que teria feito para merecer um destino tão terrível. Robert e seus pais se foram, Sophie também, e ela ficara sozinha com essa mulher velha e assustadora, naquele lugar sombrio. Tudo o que desejava, deitada em sua cama, ouvindo os sons nada familiares do lado de fora, era que seus pais a houvessem levado com eles quando partiram para Paris com Robert.

3

Ainda estava escuro na manhã seguinte quando a tia de Marie-Ange a acordou. Surgiu na porta do quarto, em sua cadeira de rodas, disse-lhe para se levantar e, em seguida, bruscamente, girou a cadeira de rodas e dirigiu-se à cozinha. Cinco minutos depois, com os cabelos desalinhados e sonolenta, Marie-Ange juntou-se a ela. Eram 5h30.

– Levantamos cedo na fazenda, Marie – disse ela, omitindo a segunda parte de seu nome com estudada determinação. Após um minuto, Marie-Ange olhou para ela e falou com clareza.

– Meu nome é Marie-Ange – disse a criança, com um olhar suplicante e um sotaque que qualquer pessoa teria achado encantador, mas não Carole Collins. Para ela, era apenas um lembrete do quanto o sobrinho fora tolo e, além disso, achava que o nome duplo soava pretensioso.

– "Marie" está bom para você aqui – disse à criança, colocando uma garrafa de leite, um pão de forma e um vidro de geleia sobre a mesa. Esse era o café da manhã.

– Pode fazer torradas, se quiser – disse, apontando para uma torradeira cromada, antiga e enferrujada, sobre o balcão da cozinha. Em silêncio, Marie-Ange colocou duas fatias de pão na torradeira, desejando que houvesse ovos e presunto, como Sophie costumava preparar, ou pêssegos do pomar. Quando a torrada ficou pronta, Carole serviu-se de uma fatia e passou uma escassa camada de geleia; deixou a outra torrada para Marie-Ange e guardou o pão. Era óbvio que sua refeição matinal era frugal, mas Marie-Ange estava faminta.

– Mandarei Tom lhe mostrar tudo por aqui e lhe dizer quais serão suas tarefas. De hoje em diante, quando acordar, você arruma sua cama, vem aqui e prepara o café da manhã para nós, exatamente como lhe mostrei, e fará suas tarefas antes de ir para a escola. Aqui, todos nós trabalhamos, e você também trabalhará. Se não o fizer – olhou-a com um ar ameaçador –, não haverá nenhuma razão para você continuar aqui e poderá viver no orfanato do governo. Há um em Fort Dodge. Estará bem melhor aqui, portanto não pense que poderá se livrar do serviço. Não pode, se quiser ficar.

Marie-Ange assentiu, entorpecida, sabendo, como nunca antes, o que era ser uma órfã.

– Você começa a estudar em dois dias, na segunda-feira. Amanhã, iremos à igreja juntas. Tom nos levará. – Ela nunca comprara um carro adaptado, para que pudesse dirigir. Embora pudesse se dar ao luxo, não queria gastar o dinheiro. – Vamos à cidade hoje, depois que fizer seu serviço, conseguir roupas apropriadas para seu trabalho. Acho que você não trouxe nada útil.

– Não sei... senhora... tia... dona... – Marie-Ange buscava as palavras enquanto sua tia a observava, e tudo em que podia pensar era no vazio que roía seu estômago. Mal comera no avião e na noite anterior; seu estômago doía, estava com muita fome. – Sophie fez minhas malas – explicou sem dizer quem era Sophie, e Carole não perguntou. – Tenho alguns vestidos que eu usava para brincar. – Todos foram deixados em Marmouton, porém, pois Sophie dissera-lhe que sua tia os acharia deploráveis.

– Daremos uma olhada no que você trouxe depois do café – disse sua tia-avó, sem sorrir. – E é melhor que você esteja preparada para trabalhar. Mantê-la aqui vai me custar um bom dinheiro. Não pode esperar casa e comida de graça, sem fazer nada para pagar.

– Sim, senhora – Marie-Ange assentiu solenemente e a velha mulher na cadeira de rodas olhou-a fixamente enquanto a criança tentava não tremer.

– Pode me chamar de tia Carole. Agora, lave a louça.

Marie-Ange desempenhou a tarefa rapidamente. Haviam usado um único prato, cada uma, para a torrada e uma xícara para o café de Carole. Em seguida, voltou para o quarto, sem saber ao certo o que deveria fazer. Ficou sentada na cama, olhando as fotografias que colocara sobre a cômoda, de seus pais e de seu irmão. Sua mão segurava o medalhão.

Deu um salto quando ouviu a cadeira de rodas de sua tia-avó na soleira da porta.

– Quero ver o que você trouxe nessas três malas ridículas. Nenhuma criança deveria ter tantas roupas, Marie; é pecado.

Marie-Ange saltou da cama e obedientemente abriu as malas, tirando vestidos com bordados e babados, um atrás do outro, as camisolas bordadas e diversos casaquinhos que sua mãe comprara para ela em Paris e em Londres. Usava-os para ir à escola, à igreja aos domingos e a Paris, quando seus pais a levavam. Carole fitava-os com sombria desaprovação.

– Você não precisa de coisas assim aqui. – Aproximou sua cadeira de Marie-Ange e começou a remexer nas malas. Em seguida, fez uma pequena pilha na cama, de suéteres e de calças, uma ou duas blusas. Marie-Ange sabia que aquelas roupas não eram bonitas, mas Sophie dissera que seriam úteis para a escola, e Marie-Ange achava que Carole as separara porque eram feias. Sem dizer uma palavra à criança, ela fechou as malas outra vez e disse-lhe para guardar a roupa sobre a cama no estreito closet. Marie-Ange ficou confusa. Em seguida, sua tia Carole disse-lhe para ir para fora e encontrar Tom, para que ele lhe ensinasse suas tarefas. Depois, foi para o quarto no final do corredor escuro.

O capataz, que a aguardava, levou-a ao celeiro. Mostrou-lhe como ordenhar uma vaca e outras pequenas tarefas que caberiam a ela. Não pareceram muito difíceis a Marie-Ange, embora houvesse muitas coisas que sua tia queria que fizesse e, segundo Tom, se não terminasse pela manhã, antes de ir para a escola, poderia fazer parte das tarefas de limpeza no final da tarde, antes do jantar. Passaram-se duas horas até ele devolvê-la à tia Carole.

Marie-Ange ficou surpresa ao vê-la pronta, sentada na varanda em sua cadeira de rodas, aguardando-os. Dirigiu-se a Tom, não à criança, dizendo-lhe que pegasse as malas de Marie-Ange e as levasse à cidade, enquanto a criança olhava-a aterrorizada. Tudo o que podia imaginar era que estava sendo levada para o orfanato. Enquanto seguia para a caminhonete, viu o capataz jogar suas malas na carroceria. Marie-Ange não disse nada ou fez perguntas. Sua vida tornou-se uma longa e interminável sucessão de horrores. Lágrimas assomavam aos seus olhos quando chegaram à cidade, e Carole disse ao capataz que parasse na loja da instituição beneficente Goodwill. Ele armou sua cadeira de rodas e ajudou-a a sentar-se. Em seguida, ela lhe disse para levar as malas para a loja, enquanto Marie-Ange continuava a imaginar o que lhe aconteceria. Não fazia a menor ideia de onde estavam, para onde iriam ou por que estavam ali com suas malas. Sua tia não lhe dera nenhuma explicação para tranquilizá-la.

As mulheres no balcão pareceram reconhecer Carole quando ela entrou. Tom seguiu-a com as malas de Marie-Ange e colocou-as junto ao balcão, seguindo as ordens de Carole.

– Precisamos de alguns macacões para a minha sobrinha – explicou, e Marie-Ange deixou escapar um pequeno suspiro de alívio. Talvez não estivessem indo para o orfanato e, ao menos por enquanto, nada terrível demais aconteceria. Sua tia selecionou três macacões para ela, algumas camisetas manchadas, um moletom surrado, alguns pares de tênis quase novos. Escolheram um casaco marrom feio, forrado, que era grande demais para ela, mas disseram que seria bem quente no inverno. Marie-Ange disse-lhes, com um fio de voz, enquanto experimentava as roupas, que acabara de chegar da França, e Carole, apontando a bagagem, apressou-se em explicar que ela trouxera três malas de roupas inúteis.

– Pode descontar o que acabamos de comprar para ela do valor dessa bagagem e me dar um crédito pelo restante. Ela não precisará nada disso, aqui e menos ainda se acabar no orfanato. Eles usam uniforme – disse a Marie-Ange, acentuando a última frase.

As lágrimas começaram a rolar pelo seu rosto e as mulheres atrás do balcão sentiram pena dela.

– Posso guardar alguma coisa, tia Carole? Minhas camisolas... e bonecas...

– Você não terá tempo para brincar com bonecas aqui. – Em seguida, hesitou por um instante. – Fique com as camisolas.

Marie-Ange revirou uma das malas, achou-as e, ao retirálas, agarrou-as junto a si. Tudo o mais desapareceria para sempre; tudo o que sua mãe comprara para ela com tanto amor e em que seu pai adorava vê-la vestida. Era como se tudo o que restava de sua antiga vida lhe fosse arrancado. Não conseguia parar de chorar. Tom precisou desviar os olhos da pequena figura, agarrada às camisolas, olhando para a tia, absolutamente devastada. Carole não disse nada, entregou o embrulho de compras a Tom e conduziu sua cadeira de rodas para fora da loja, até a calçada, seguida pelo capataz e pela criança. Marie-

Ange nem se importava mais se a levassem para o orfanato: nada poderia ser pior que aquilo que estava lhe acontecendo ali. Seus olhos revelavam uma agonia insuportável e nenhum consolo enquanto voltavam para a fazenda, em silêncio. E quando Marie-Ange viu o familiar celeiro outra vez, compreendeu que não iria para o orfanato do governo, ao menos não naquele dia, talvez somente se contrariasse sua tia Carole.

Foi para o quarto e guardou suas camisolas e as novas roupas da loja beneficente. Dez minutos depois, sua tia tinha o almoço pronto para ela. Era um sanduíche fino, de pão com presunto, sem maionese ou manteiga, um copo de leite e um único biscoito. Era como se a mulher se ressentisse de cada pedaço de alimento que ela consumia, cada migalha que lhe custava. Nunca ocorreu a Marie-Ange pensar nas centenas de dólares de crédito que Carole acabara de obter na loja Goodwill em troca de suas roupas e pertences. Na realidade, ao menos por enquanto, a menina era lucrativa, em vez de dispendiosa.

Nas horas seguintes, Marie-Ange dedicou-se às tarefas e só viu sua tia outra vez no jantar. Naquela noite, a refeição foi frugal mais uma vez. Havia um pequeno bolo de carne que Carole preparara e alguns legumes cozidos, com um gosto horrível. A sobremesa era gelatina verde.

Marie-Ange lavou a louça do jantar e ficou deitada na cama, acordada, durante muito tempo, pensando em seus pais e em tudo o que lhe acontecera desde que haviam morrido. Não conseguia imaginar outra vida agora, senão de terror, solidão e fome. A dor pela perda de toda a sua família era tão aguda que às vezes achava que não aguentaria. De repente, ao pensar nisso, compreendeu exatamente o que seu pai queria dizer quando afirmava que sua tia era mesquinha e avarenta. Compreendeu que sua mãe, com toda sua alegria, amor e vivacidade, teria odiado Carole mais ainda que ele. No entanto, não lhe adiantava pensar nisso. Ela estava ali, e eles haviam partido. Não tinha escolha senão sobreviver a tudo.

Foram juntas à igreja no dia seguinte, novamente levadas por Tom, e o culto pareceu longo e enfadonho a Marie-Ange. O pastor falou sobre inferno, adultério, castigo e um monte de coisas que a amedrontaram ou entediaram. Quase adormeceu em determinado momento, e sua tia-avó sacudiu-a bruscamente para acordá-la.

O jantar foi mais uma refeição sombria naquela noite e sua tia-avó informou-lhe que ela iria à escola na manhã seguinte. Carole ficara aliviada ao ver que, apesar do acentuado sotaque quando falava, o inglês de Marie-Ange era sem dúvida suficientemente fluente para que frequentasse a escola e entendesse o que estava sendo dito, embora Carole não tivesse a menor ideia se ela sabia escrever em inglês. Ela não sabia.

– Ande 1,5 quilômetro na estrada, até uma placa amarela – disse ela antes de dormirem –, depois das suas tarefas no celeiro, é claro, e o ônibus a pegará na placa amarela às 7 horas. São 60 quilômetros até a escola e eles param muitas vezes ao longo do caminho. Não sei quanto tempo você levará andando até o ponto do ônibus, mas é melhor sair daqui às 6 horas e ver quanto tempo demorara. Pode fazer seu serviço às 5 horas, e é melhor levantar-se às 4h30. – Deu-lhe um velho e semidestruído despertador para esse fim, e Marie-Ange imaginou se teria vindo da loja Goodwill, que estava repleta de coisas feias e quebradas que as pessoas doavam à instituição beneficente. – O ônibus a trará mais ou menos às 16 horas, segundo me disseram. E espero você aqui até as 17 horas. Pode fazer suas obrigações quando chegar em casa e seus deveres de casa depois do jantar.

Seria um longo dia, uma rotina exaustiva, uma vida sem atrativos, quase de escravidão. Marie-Ange quis perguntar, mas não ousou, por que Tom não poderia levá-la de carro. Em vez disso, ficou calada e foi para a cama em silêncio naquela noite, depois de dar boa-noite à sua tia Carole.

Parecia que apenas alguns momentos haviam se passado quando o despertador tocou e ela se levantou rapidamente. Dessa vez, sem ninguém para vigiá-la, serviu-se de três fatias de pão com geleia e rezou para que sua tia não houvesse contado o número de fatias quando guardou o pão depois do jantar. Sabia que era demais, mas estava sempre com fome.

Estava escuro quando dirigiu-se ao celeiro, e ainda estava escuro quando começou a descer a estrada, na direção que sua tia lhe indicara. Sabia que Carole estaria acordada, mas Marie-Ange não passou pela cozinha para despedir-se. Usava calças compridas e o feio moletom da loja Goodwill. Escovara os cabelos, mas, pela primeira vez em sua vida, ao sair para a escola não havia nenhuma fita neles. Não havia Sophie para lhe acenar um adeus, Robert para fazer *canards* de café com leite para ela beijos e abraços de sua mãe ou de seu pai. Havia apenas o silêncio das planícies de Iowa e a escuridão enquanto ela descia a estrada longa e deserta em direção ao ponto do ônibus. Não fazia a menor ideia de como seria a escola ou os alunos e, na verdade, não se importava. Não conseguia sequer imaginar ter amigos ali. Sua vida era a de uma presidiária, e sua tia era a carcereira.

Havia algumas crianças no ponto de ônibus quando chegou; a maioria mais velha do que Marie-Ange, e uma bem mais nova. Nenhuma conversou com ela, apenas a encararam enquanto esperavam. O sol surgiu lentamente, lembrando-a das manhãs em Marmouton, quando ficava deitada na relva ou embaixo de uma árvore vendo o céu tornar-se rosado ao amanhecer. Não disse nada às outras crianças enquanto tomavam seus lugares e o ônibus partia. Uma hora mais tarde, chegaram a um prédio de tijolos onde outros ônibus escolares também chegavam, dos quais alunos de todas as idades saltavam e se dispersavam. Havia estudantes desde o jardim de infância até o ensino médio, provinham de fazendas num raio de 150 quilômetros da escola. A distância que Marie-Ange percorria não era, de forma alguma, a maior. Parecendo um pouco perdida, entrou no prédio e logo foi identificada por uma jovem professora.

– Você é a garota dos Collins? – perguntou ela enquanto Marie-Ange sacudia a cabeça, sem entender.

– Sou Marie-Ange Hawkins.

Esperavam uma Marie Collins, e nunca lhe ocorrera que sua tia-avó não fosse registrá-la em seu próprio nome.

– Não é a garota dos Collins? – A professora estava perplexa. Era a única aluna nova matriculada. Todas as outras começaram havia duas semanas, mas ela reconheceu o sotaque imediatamente e levou Marie-Ange ao escritório do diretor, onde um homem calvo e de barba cumprimentou-a formalmente e lhe disse para que sala deveria ir.

– Que menina triste – comentou ele quando ela saiu, e a professora retrucou num sussurro.

– Ela perdeu toda a família na França e veio viver com a tia-avó aqui.

– Como é o inglês dela? – perguntou ele, com um ar de preocupação, e a professora disse que o professor responsável pela triagem dos alunos faria uma avaliação.

Enquanto falavam a seu respeito, Marie-Ange desceu o corredor na direção que lhe indicaram e encontrou sua sala repleta de alunos. O professor ainda não havia chegado e formavam um grupo animado, assoviando, gritando e atirando bolas de papel uns nos outros. Ninguém dirigiu-lhe a palavra quando ela se sentou em uma carteira no fundo da sala, ao lado de um garoto de cabelos ruivos brilhantes, olhos azuis como os seus e sardas. Teria preferido sentar-se ao lado de uma menina, mas não havia lugares vazios ao lado delas e ninguém lhe ofereceu o lugar.

– Oi – disse ele, evitando olhá-la nos olhos quando ela o fitou, e virou-se para a frente quando a professora entrou. Ela levou mais de uma hora para notar Marie-Ange e, em seguida, entregou-lhe alguns papéis com questões para avaliar sua leitura, escrita e compreensão em inglês. Era bastante elementar e Marie-Ange compreendia a maior parte, mas suas respostas, ao escrevê-las, eram fonéticas.

– Não sabe escrever? – perguntou-lhe o garoto com ar de surpresa ao lançar um olhar em suas respostas. – E que espécie de nome é esse? Mari-Angi?

Pronunciou seu nome de maneira estranha, e Marie-Ange olhou-o com dignidade ao responder.

– Sou francesa – explicou. – Meu pai é americano. – Poderia ter dito "era", mas não suportava a ideia.

– Fala francês? – perguntou o garoto, com ar de perplexidade, mas repentinamente intrigado com ela.

– Claro – disse ela, com seu sotaque.

– Poderia me ensinar?

Ela sorriu timidamente diante da pergunta.

– Você quer aprender a falar francês? – Parecia-lhe engraçado e ele exibiu um amplo sorriso, balançando a cabeça afirmativamente.

– Quero, sim. Seria como uma língua secreta e ninguém poderia compreender o que estaríamos dizendo.

Era uma ideia atraente para ambos e, no intervalo, acompanhou-a quando saíram da sala. Achava seus cachos e olhos azuis muito bonitos, mas não disse nada. Tinha 12 anos, um a mais do que Marie-Ange, mas atrasara-se por causa de uma febre reumática. Recuperara-se completamente, mas perdera o ano na escola. Parecia ter uma atitude protetora em relação a Marie-Ange enquanto a seguia pelo pátio da escola. Já se apresentara como Billy Parker e ela o ensinou a pronunciar seu nome corretamente, sua primeira lição de francês, e deu uma risadinha diante de seu sotaque quando ele o repetiu.

Almoçaram juntos naquele dia e alguns dos outros alunos lhe dirigiram a palavra, mas ele foi o único amigo verdadeiro no ônibus, junto com ela. Ele morava no meio do caminho entre a escola e a fazenda de sua tia-avó e afirmou que a visitaria um dia, talvez durante o fim de semana, quando poderiam fazer os deveres da escola juntos. Estava fascinado por ela e fizeram planos para estudar francês nos fins de semana. Ele gostou da ideia, e ela adorou a perspectiva de ter alguém que pudesse falar francês com ela.

Ela falou-lhe sobre seus pais e sobre Robert no dia seguinte, contou-lhe a respeito do acidente e ele ficou horrorizado quando falou-lhe de sua tia-avó.

– Ela parece muito mesquinha – disse ele, com simpatia. Morava com os pais e seus sete irmãos e irmãs, tinham uma pequena fazenda onde plantavam milho e criavam um pequeno rebanho de gado. Ele disse que um dia desses, iria ajudá-la com suas tarefas na fazenda, mas ela não falou nada sobre ele com tia Carole, e sua tia também não lhe fez nenhuma pergunta naquela noite, quando Marie-Ange terminou suas tarefas no celeiro. Durante quase todo o jantar, comeram em silêncio.

No sábado à tarde, Marie-Ange viu Billy surgir no caminho de entrada da fazenda, em sua bicicleta, descer e acenar para ela. Dissera-lhe que deveria aparecer, para sua aula de francês, e ela desejara que ele fosse, mas não acreditava que realmente o faria. Conversavam animadamente, parados no caminho, quando ouviram um tiro. Saltaram como coelhos assustados e instintivamente olharam na direção de onde viera o som. Sua tia Carole estava sentada na varanda, na cadeira de rodas, segurando uma espingarda. Era inconcebível para ambos que ela houvesse atirado neles – e não o fizera, disparara para o alto –, mas os olhava ameaçadoramente.

– Saia de minha propriedade! – gritou para ele enquanto Billy olhava-a, perplexo, e Marie-Ange começava a tremer.

– Ele é meu amigo, tia Carole, da escola – Marie-Ange apressou-se em explicar, certa de que isso resolveria o problema, mas não foi o que aconteceu.

– Você está invadindo minha propriedade! – disse ela diretamente a Billy.

– Estou visitando Marie-Ange – explicou educadamente, tentando não deixar que percebessem o quanto ele estava assustado. A mulher parecia querer matá-lo.

– Não queremos visitas e não o convidamos. Pegue sua bicicleta, saia daqui e não volte mais. Você me ouviu?

– Sim, senhora – disse ele, correndo em direção à bicicleta e lançando um olhar para Marie-Ange por cima do ombro. – Sinto muito... não queria enfurecê-la – murmurou. – Vejo-a na escola, na segunda-feira.

– Desculpe – disse ela no tom mais alto que ousava, e observou-o desaparecer o mais rápido que podia pelo caminho. Marie-Ange caminhou lentamente até a cadeira de rodas de sua tia-avó, odiando-a pela primeira vez desde que chegara. Até então, apenas a temera.

– Diga a seus amigos para não a visitarem aqui, Marie – disse, severamente. – Não temos tempo para pequenos arruaceiros e você tem serviço a fazer. – Então, descansou a espingarda no colo e olhou diretamente para Marie-Ange. – Você não vai ficar andando com amigos por aqui. Está claro?

– Sim, senhora – respondeu Marie-Ange em voz baixa, voltando para o celeiro para fazer suas tarefas, mas o ataque

que sofreram e o medo que ela causou serviram apenas para tornar mais forte o laço que unia Marie-Ange e Billy. Ele telefonou para ela naquela noite, e sua tia-avó passou-lhe o telefone com um resmungo de desaprovação. Não gostava, mas não se opunha diretamente a telefonemas.

– Você está bem? – Billy se preocupara com ela durante todo o trajeto de volta, a velha era louca; e teve pena de Marie-Ange. A família dele era numerosa, franca e amável e, depois de cumpridas suas obrigações, ele podia receber amigos a qualquer hora.

– Estou bem – disse, timidamente.

– Ela fez alguma coisa a você depois que fui embora?

– Não, mas disse que não posso receber amigos aqui – explicou, num fio de voz, depois que a tia deixou a cozinha. – Vejo-o na escola na segunda-feira. Posso lhe ensinar francês na hora do almoço.

– Cuidado para ela não atirar em você – disse ele, com a gravidade de um garoto de 12 anos. – Vejo você na segunda... Tchau, Marie-Ange.

– Até segunda – despediu-se ela formalmente e desligou, lamentando não ter agradecido pelo telefonema, mas contente pelo contato com o mundo exterior. Na vida estéril que levava, a amizade dele era tudo o que lhe restava.

4

A amizade entre Billy e Marie-Ange cresceu ao longo dos anos, transformando-se numa relação sólida em que ambos confiavam. Nos primeiros anos, pareciam irmãos. Quando ele completou 14 anos, e ela 13, os amigos começaram a caçoar deles a respeito dessa amizade, perguntando-lhes se eram namorados. Marie-Ange sempre insistia que não eram. Agarrava-se a ele como a uma rocha numa tempestade, e ele ligava para ela dedicadamente todas as noites na casa de sua tia Carole. A vida de Marie-Ange com ela continuou tão vazia e insípida como fora desde o primeiro instante em que a vira, mas ver Billy na escola e voltar para casa com ele era o suficiente para continuar vivendo. Visitava a família dele sempre que podia. Estar com eles era como se refugiar num lugar seguro e aconchegante. Visitava-os nos feriados, após fazer o serviço na fazenda de sua tia-avó. Para Marie-Ange, a família de Billy era o céu. Era tudo o que ela possuía. Não tinha nem mesmo Sophie. Escrevera-lhe durante dois anos, e ainda estava intrigada pelo fato de nunca ter recebido uma única resposta. Temia que algo horrível lhe houvesse acontecido. Caso contrário, Sophie teria respondido suas cartas.

De certa forma, Billy substituíra Robert para ela, se não seus pais. Como prometera, ela o ensinou a falar francês durante os almoços e recreios. Quando completou 14 anos, ele estava quase fluente e frequentemente conversavam em francês no pátio da escola. Billy chamava-a de "língua secreta". O inglês de Marie-Ange melhorou ao ponto de seu sotaque tornar-se quase imperceptível. Porém, considerando os sentimentos fraternos em relação a Billy, foi uma total surpresa para ela quando ele lhe disse que a amava, numa tarde enquanto caminhavam para o ônibus escolar. Ele falou quase num sussurro, com os olhos abaixados, e ela parou para olhá-lo com uma expressão assombrada.

– Essa é a coisa mais tola que já ouvi – disse ela, em resposta. – Como pode dizer isso? – Ele ficou atônito com sua reação; não era o que esperava ou desejava.

– Porque eu realmente a amo. – Falou-lhe em francês para que os outros não entendessem e, para eles, pareceu uma discussão acalorada quando Marie-Ange disse:

– *Oh, alors, t'es vraiment con*!

Disse-lhe que era um tolo; depois olhou para ele e desatou a rir.

– Eu também o amo, mas como sua irmã. Como é que você complica tudo entre a gente? – Estava determinada a não colocar em risco aquela amizade.

– Não foi isso o que tentei fazer – disse ele, franzindo o cenho, imaginando se teria dito aquilo de maneira errada ou talvez numa hora pouco apropriada, mas não tinham nenhum outro tempo juntos. Ele ainda não podia ir à fazenda de sua tia-avó e o único tempo que passavam juntos era na escola ou no ônibus escolar, exceto pelas raras visitas que ela fazia à fazenda dos pais dele. Era ainda mais difícil para eles durante o verão, quando não se encontravam na escola. Em vez disso, iam de bicicleta a um local que haviam descoberto no ano anterior e, às vezes, passavam horas junto a um riacho, sentados, apenas conversando sobre a vida, suas famílias, suas esperanças e sonhos, e sobre o futuro. Ela sempre dizia que queria voltar para a França quando fizesse 18 anos e planejava obter um emprego assim que tivesse idade suficiente, para economizar dinheiro para a viagem. Uma vez, ele disse que queria ir com ela, embora para ele o sonho fosse ainda mais improvável e distante.

Continuaram se encontrando da mesma forma, como sempre fizeram, amigos e companheiros dedicados, até o ano seguinte no verão, quando se encontraram no esconderijo secreto. Ela levara uma garrafa térmica com limonada e conversaram durante horas, até que ele repentinamente inclinou-se e beijou-a. Estava com 15 anos; Marie-Ange acabara de fazer 14 anos e já eram amigos havia quase três anos. Mais uma vez, ela ficou atônita, mas não se opôs tão bruscamente a ele como no ano anterior. Nenhum deles disse uma palavra, mas

Marie-Ange ficou preocupada e, da próxima vez em que se encontraram, disse-lhe que não achava uma boa ideia fazerem qualquer coisa que mudasse a amizade entre eles. Disse-lhe à sua maneira inocente que tinha medo de namoro.

– Por quê? – perguntou ele delicadamente, tocando seu rosto com a mão. Estava se tornando um rapaz alto e bonito e, às vezes, ela achava que ele se parecia um pouco com seu pai e seu irmão. Adorava rir dele por causa das sardas. – Por que tem medo de namorar, Marie-Ange? – Falavam em inglês, porque o francês dela ainda era muito superior ao dele, apesar de ela haver lhe ensinado bem. Ele até sabia todas as expressões e gírias importantes, que apostava que impressionariam seu professor de francês no segundo grau. Ambos começariam o segundo grau na mesma escola que frequentavam, em setembro.

– Não quero que nada mude entre nós – disse ela, sensatamente. – Se você se apaixonar por mim, um dia nos cansaremos um do outro e perderemos tudo. Se continuarmos apenas amigos, jamais perderemos um ao outro.

Fazia sentido, e ela se manteve inflexível a respeito do assunto embora ninguém que os conhecesse pudesse acreditar. Todos sempre acreditaram que eram namorados desde a infância, até mesmo tia Carole, que continuava a fazer comentários depreciativos a seu respeito, o que sempre enfurecia Marie-Ange, embora ela nada dissesse.

Seu relacionamento continuou a florescer durante todo o segundo grau. Ela assistia aos jogos dele no time de basquete, ele via suas peças de teatro da escola, e foram juntos ao baile de formatura. À exceção de alguns encontros esparsos, ele nunca tivera uma namorada, e Marie-Ange continuava a dizer que não tinha o menor interesse em namoro, com Billy ou qualquer outro rapaz. Tudo o que queria era terminar a escola e voltar para a França um dia. De qualquer maneira, sua tia-avó não a deixaria sair com rapazes. Tinha opiniões rígidas a respeito e estava preparada para impingi-las. Continuara a ameaçar Marie-Ange com o orfanato estadual durante todos aqueles anos. Mas, na noite do baile de formatura, tia Carole finalmente concordou em deixar Marie-Ange dançar com Billy.

Ele foi à fazenda na noite do baile, no caminhonete de seu pai, para buscá-la. Sua tia deixara-a comprar um vestido de cetim azul, que era quase da cor de seus olhos e fazia seus cabelos brilharem. Estava linda e Billy, como era de se esperar, ficou fascinado.

Divertiram-se imensamente naquela noite, e ele e Marie-Ange conversaram durante muito tempo sobre a bolsa de estudos para a faculdade que Marie-Ange conseguira e que não poderia usar. A universidade ficava a 75 quilômetros de distância, em Ames, e tia Carole deixara claro que não faria nada para ajudá-la, não emprestaria uma caminhonete ou um carro, e que precisaria dela na fazenda. Não lhe ofereceu transporte ou dinheiro para a faculdade, e Billy ficou revoltado.

– Você *precisa* ir, Marie-Ange! Não pode ficar trabalhando para ela como uma escrava pelo resto da vida.

Seu sonho era voltar para a França aos 18 anos, mas era óbvio que, quando completasse 18 naquele verão, não poderia fazê-lo. Não tinha dinheiro e nunca tivera tempo para trabalhar, porque Carole sempre precisava dela para fazer alguma coisa, e Marie-Ange sentia-se em dívida com ela. Vivia com ela havia sete anos que, para Marie-Ange, pareceram infindáveis. No entanto, a faculdade era um sonho inatingível para ela: a bolsa de estudos cobria a anuidade, mas não os livros, o dormitório ou a alimentação e, ainda que conseguisse um emprego, não ganharia o suficiente para cobrir as despesas na universidade. Sua única opção seria continuar morando na fazenda com a tia, e ir e vir todos os dias. Tia Carole, todavia, fizera questão de deixar claro que isso não seria possível.

– Tudo de que você precisa é um carro, pelo amor de Deus – exclamou Billy, com raiva, no caminho de volta. Conversaram sobre isso toda a noite.

– Bem, eu não tenho um carro. Abrirei mão da bolsa de estudos na semana que vem – disse Marie-Ange, resignada.

Sabia que mais cedo ou mais tarde precisaria arranjar um emprego, perto de casa, para juntar o dinheiro para voltar para a França, mas não tinha a menor ideia do que faria ao chegar lá, provavelmente apenas visitaria a cidade e retornaria. Não teria como permanecer na França, nenhum lugar para viver, ninguém, nenhum modo como ganhar a vida. Não tinha nenhum conhecimento ou experiência profissional. Tudo o que aprendera fora serviços na fazenda, da mesma forma que Billy, que faria um curso técnico em agricultura. Ele sonhava em ajudar o pai na fazenda, até mesmo modernizá-la, apesar da resistência de seu pai. Queria ser um fazendeiro moderno e achava que Marie-Ange merecia uma boa educação. Ambos achavam. O fato de não a deixar frequentar a faculdade o fazia odiar ainda mais a tia-avó de Marie-Ange. Até sua família compreendia a importância de estudar, embora Billy não pudesse frequentar uma escola em tempo integral. O pai precisava demais dele na fazenda para permitir-lhe estudar o dia inteiro. Ele insistiu que Marie-Ange procurasse convencer sua tia e somente declinasse da bolsa de estudos no fim do verão. Quando voltaram para casa naquela noite, estavam felizes. Ambos estavam entusiasmados com a formatura.

– Você se deu conta de que somos amigos há quase sete anos? – disse Marie-Ange, orgulhosamente. Naquele verão, faria sete anos que seus pais haviam falecido e, de certa forma, ainda parecia que foram há apenas alguns instantes, em outra dimensão. Ela ainda sonhava com eles e com Robert à noite, e ainda podia se lembrar de Marmouton, como se houvesse acabado de estar lá. – Você é a única família que tenho – disse-lhe Marie-Ange e ele sorriu. Ambos desconsideravam inteiramente tia Carole, embora Marie-Ange, sempre dissesse que se sentia em dívida com ela, por razões que Billy não compreendia. Marie-Ange vivera com ela, mas Carole usara-a implacavelmente nos últimos sete anos, como empregada, enfermeira e empregada da fazenda. Não havia nada que Marie-Ange não fizesse por ela. Nos últimos dois anos, a saúde de sua tia-avó se debilitara. Marie-Ange precisava fazer ainda mais para cuidar dela.

– Você sabe, nós poderíamos ser uma família – disse Billy com cautela, no trajeto para casa, depois do baile de formatura, e lançou-lhe um olhar com um sorriso brando, mas Marie-Ange franzira a testa. Ela não gostava quando ele falava assim e teimosamente insistia em pensar neles como irmão e irmã. – Podíamos nos casar – disse ele, corajosamente.

– Isso é tolice, Billy, e você sabe disso – retrucou ela, francamente. Nunca o encorajava nessa direção, pelo bem dele e o seu também. – Onde ríamos morar se nos casássemos? Nenhum de nós tem um emprego ou dinheiro.

– Poderíamos viver com meus pais – disse, com cuidado, tentando convencê-la. Ele acabara de fazer 19 anos, e ela logo faria 18, idade suficiente para se casar, se ela quisesse, sem a permissão da tia.

– Ou poderíamos viver com tia Carole. Tenho certeza de que ela adoraria. Poderíamos trabalhar para ela na fazenda, como eu faço – Marie-Ange disse e desatou a rir. – Não, não podemos nos casar – disse, sem rodeios. Ela não queria. – E eu arranjarei um emprego, para voltar à França no ano que vem. – O sonho nunca se desvanecera para ela, e ele ainda desejava ir com ela. Em Iowa, trabalhando na fazenda do seu pai, seu francês era praticamente inútil, mas estava feliz por ela ter lhe ensinado.

– Ainda quero que você vá para a universidade no outono. Vamos ver o que acontece – disse, com um olhar de determinação.

– Ah, sim, um anjo vai cair do céu sobre mim – disse, rindo, já conformada – e jogará dinheiro aos meus pés, para que eu possa ir para a faculdade, e tia Carole fará minhas malas e me cobrirá de beijos quando eu partir. Certo, Billy? – Resignara-se com seu destino desde que viera para Iowa.

– Talvez – disse ele, pensativo.

No dia seguinte, começou a trabalhar em um projeto especial. Levou todo o verão para concretizá-lo, e seu irmão Jack, que trabalhava em uma garagem na cidade em suas horas livres, ajudou Billy a achar exatamente aquilo de que precisava. No primeiro dia de agosto, ele finalmente levou-o a Marie-Ange, entrando no caminho da casa ao som do escape do motor de um velho Chevy. Fazia um barulho horrível, mas andava bem e ele mesmo o pintara. Era de um vermelho vivo, e o interior era forrado de couro preto.

Parou diante da casa e olhou cautelosamente para Carole quando saiu do carro. Era apenas a terceira vez, em sete anos, que ele pisava ali e nunca se esquecera da recepção que tivera da primeira vez.

– Uau! Onde conseguiu esse carrão? – perguntou Marie-Ange, sorridente, limpando as mãos em uma toalha ao sair da cozinha. – De quem é?

– Eu mesmo o montei. Comecei logo depois da formatura. Quer dirigi-lo?

Havia anos, ela aprendera a dirigir os tratores e os veículos da fazenda e frequentemente dirigia a caminhonete de sua tia-avó até a cidade para alguma pequena incumbência que ela lhe dava ou para levá-la. Sentou-se ao volante com um amplo sorriso. Era um carro divertido, embora fosse velho, e Billy o montara com cuspe e barbante, como disse orgulhosamente. Ela saiu da fazenda e, por algum tempo, percorreu a autoestrada, com Billy a seu lado. Em seguida, relutantemente, começou a retornar. Precisava preparar o jantar de sua tia.

– O que vai fazer com isso? Dirigir para a igreja aos domingos? – perguntou ela, com um sorriso. Ela não sabia, mas, apesar do tom da pele e dos cabelos, começara a se parecer com a mãe.

– Não. Tenho usos melhores – disse ele, misteriosamente, orgulhoso, transbordando um amor que ela se recusava a aceitar a não ser como vindo de um irmão adotivo.

– Como o quê? – perguntou ela, curiosa divertindo-se enquanto entravam no caminho da casa.

– É um ônibus escolar.

– Um ônibus escolar? O que isso significa?

– Significa que você pode ficar com sua bolsa de estudos. Tudo de que precisa é o dinheiro para os livros. Você pode ir com ele todos os dias para a escola, Marie-Ange.

Montara o carro inteiramente para ela, e os olhos da jovem encheram-se de lágrimas enquanto o fitava, surpresa. Ele teve vontade de beijá-la, mas sabia que ela jamais permitiria.

– Vai emprestá-lo a mim? – perguntou ela, inconscientemente falando em francês. Mal podia acreditar, mas ele sacudiu a cabeça.

– Não estou lhe emprestando nada, Marie-Ange. É um presente. É todo seu. Seu ônibus escolar.

– Ah, meu Deus! Você não pode fazer isso! – Atirou os braços ao redor de seu pescoço e abraçou-o com força. – Está falando sério? – perguntou, afastando-se para olhar para ele. Era a coisa mais extraordinária que já haviam feito para ela e nem sabia o que lhe dizer. Ele tornara seus sonhos realidade e estava literalmente lhe concedendo a dádiva da universidade ao lhe proporcionar um modo de chegar lá.

– Posso e fiz. É todo seu, garota. – Seu sorriso era de orelha a orelha e ela limpava as lágrimas do rosto enquanto o observava. – Que tal me dar uma carona até em casa antes que sua tia apareça com a espingarda e me dê um tiro? – Riram da desagradável lembrança e ela entrou para contar à sua tia que estaria de volta em alguns minutos. Não explicou sobre o carro, faria isso mais tarde.

Billy dirigiu até a fazenda, e Marie-Ange sentou-se a seu lado, exclamando como o carro era bonito, que presente incrível e como não deveria aceitá-lo.

– Você não pode ficar sem uma educação universitária para sempre. Precisa ir para a universidade para poder sair daqui um dia. – Sabia que ele próprio nunca sairia dali; precisava ajudar sua família a manter a fazenda, o que eram um grande esforço para eles. Porém, ele sabia que seu maior presente para Marie-Ange era sua libertação da tia Carole.

– Não posso acreditar que tenha feito isso por mim – disse Marie-Ange solenemente. Tinha um grande respeito por ele, como pessoa. Nunca se sentira tão agradecida por alguma coisa em sua vida. E ele estava feliz por vê-la tão empolgada. Estava tão entusiasmada quanto ele esperava que ficasse. Adorava tudo o que dizia respeito a Marie-Ange.

Ela deixou-o em casa e apressou-se em voltar. Durante o jantar, quando contou a tia Carole o que ele fizera e ela a proibiu de aceitar o presente.

– É errado aceitar um presente como esse, ainda que esteja planejando casar-se com ele – disse, severamente.

– Não estou, somos apenas amigos – respondeu Marie-Ange calmamente.

– Então, não pode ficar com o carro – retrucou tia Carole com uma expressão dura.

Mas, pela primeira vez em sete anos, Marie-Ange estava disposta a enfrentá-la. Não abriria mão da universidade pelo capricho daquela velha mesquinha. Durante sete anos, ela privara Marie-Ange de tudo que lhe foi possível, de emoções, de alimento, de amor e de dinheiro. A vida delas era de privação em todos os sentidos da palavra. E agora queria privá-la de uma educação superior. Marie-Ange não permitiria que ela fizesse isso.

– Então, eu aceitarei como empréstimo, mas vou usá-lo para ir à faculdade – disse com firmeza.

– Para que precisa de faculdade? O que acha que será? Médica? – Seu tom de voz era de desprezo.

– Não sei o que – respondeu, tranquilamente. Todavia, sabia que seria mais do que tia Carole. Queria ser como sua mãe. Ela não fora para a universidade, mas casara-se com o pai de Marie-Ange. E ela queria mais do que uma vida naquela fazenda melancólica em Iowa, sem nada a desfrutar, nada a comemorar e nada pelo que viver. Sabia que um dia, quando finalmente pudesse ir embora, vigiaria para outro lugar, preferencialmente para a França, ao menos para visitar. Primeiro, precisava obter uma educação universitária, para poder escapar dali, exatamente como Billy lhe sugerira.

– Vai parecer uma tola andando por aí naquele calhambeque, especialmente quando as pessoas souberem quem o deu a você.

– Não tem importância – disse, audaciosamente, para variar. – Tenho orgulho dele.

– Então, por que não se casa com ele? – Carole pressionou-a, mais por curiosidade do que por interesse verdadeiro. Nunca compreendera o estreito relacionamento entre eles e não se importava.

– Porque ele é meu irmão. E não quero me casar. Quero voltar para casa um dia – disse, em voz baixa.

– Essa casa é tudo o que lhe resta agora – disse Carole, incisivamente, olhando Marie-Ange nos olhos. Sua sobrinha apenas devolveu o olhar, sem nada dizer. Carole Collins lhe dera um lugar para viver, um teto, um endereço e uma lista infindável de serviços a fazer, mas nunca lhe dera bondade, compaixão, amor ou um sentimento familiar. Mal comemoravam o Natal e o Dia de Ação de Graças. Durante todos os anos que Marie-Ange passara ali, sua tia a tratara como uma empregada. Billy e sua família foram muito mais amáveis com ela do que Carole jamais o fora. Agora, Billy lhe dera a única coisa de que precisava para um dia poder fugir dali, e nada no mundo a faria abrir mão disso, certamente não sua tia Carole.

Marie-Ange tirou a mesa sem pronunciar nenhuma palavra e, quando sua tia-avó se retirou para o quarto, Marie-Ange telefonou para Billy.

– Quero que saiba o quanto o amo e o quanto você significa para mim – disse, em francês, com a voz tomada pela emoção, enquanto ele desejava que ela o dissesse com um sentido diferente, mas sabia que não o faria. Havia muito aceitara a decisão dela e sabia que ela o amava. – Você é a pessoa mais maravilhosa que eu conheço.

– Não, você é – disse ele, lisonjeiramente, mas com o coração. – Fico feliz por ter gostado, Marie-Ange. Só quero que você possa ir embora daqui um dia. Você merece.

– Talvez possamos ir juntos – disse ela, esperançosamente, mas nenhum deles acreditava nessa possibilidade. Ambos sabiam que Billy estava fadado a permanecer ali, mas ela não. Ainda tinha um longo caminho a percorrer até poder ir embora, mas, graças a ele, começava a acreditar que talvez um dia conseguisse.

5

Marie-Ange começou a faculdade no dia seguinte ao Dia do Trabalho. Saiu da fazenda às 6 horas, dirigindo o Chevy que Billy reformara para ela. Tia Carole não fez absolutamente nenhum comentário na noite anterior, mas, como sempre, Billy telefonou e desejou-lhe boa sorte. Prometeu parar na casa dele na volta, se tivesse tempo, para contar-lhe tudo sobre seu dia. Porém, deixou a faculdade tão tarde, após comprar seus livros com o dinheiro que pedira emprestado a Tom, que precisou correr para casa para preparar o jantar de tia Carole.

No entanto, conseguiu parar para ver Billy no dia seguinte, a caminho da faculdade. Só precisaria estar na aula às 10 horas, e parou na fazenda de Billy por volta das 7h30, após cumprir suas tarefas. Passou algum tempo com ele na cozinha grande e agradável dos Parker. Todos os utensílios eram velhos e os balcões de fórmica estavam lascados. O assoalho de linóleo estava irremediavelmente manchado, mas sua mãe mantinha-o imaculadamente limpo e havia sempre uma atmosfera aconchegante. Marie-Ange sentia-se em casa ali, como se sentia na cozinha de Marmouton e, ao contrário de sua tia-avó, os pais de Billy a adoravam. A mãe de Billy acreditava, porque uma de suas filhas assim lhe dissera, que um dia ela e Billy se casariam. Contudo, ainda que nunca o fizessem, sempre a tratavam como uma de suas filhas.

– Então, como foi a faculdade ontem? – perguntou Billy, quando entrou na cozinha com ela, de macacão, e serviu café para ambos.

– Foi fantástico! – disse ela, exultante. – Eu adorei. Queria que você estivesse comigo.

O curso que ele fazia era em Fort Dodge, e a maior parte dos trabalhos era por conta própria e por correspondência.

– Eu também – respondeu, devolvendo-lhe o sorriso. Sentia falta da escola, quando podia vê-la todos os dias e ter conversas longas e sérias com ela, em francês, na hora do almoço. Agora, tudo era diferente. Ele precisava trabalhar na fazenda e sabia que ela teria uma vida nova, novos amigos, novas ideias, novos professores e estudantes com metas muito diferentes das suas. Sabia que ficaria na fazenda para sempre, ficava um pouco triste quando pensava nisso, mas estava feliz por ela. Depois da vida difícil que ela levara na fazenda da tia-avó, nos últimos sete anos, ele sabia melhor que ninguém o quanto isso significava para ela.

Finalmente, uma hora após chegar, ela levantou-se para ir à faculdade, mas prometeu passar por ali no dia seguinte.

Viram-se muitas vezes durante seus dias de faculdade, bem mais do que qualquer um deles esperava. A viagem consumia seu tempo e ela, por fim, arranjou um emprego na cidade como garçonete em um restaurante local, nos fins de semana, o que a ajudava nas despesas e lhe permitia pagar o dinheiro que pedira emprestado a Tom para a compra dos livros. Sua tia Carole sempre se recusava a lhe dar qualquer quantia de dinheiro e lhe dizia que, se ela queria muito ir à faculdade, teria que trabalhar para isso. Apesar disso, e dos serviços que ainda tinha na fazenda, conseguia ver Billy todos os dias. Às vezes, ele a encontrava no trabalho e, de vez em quando, iam ao cinema.

Durante seu segundo ano na faculdade, Billy arranjou uma namorada, mas sempre deixava claro para Marie-Ange que ela era muito mais importante para do que qualquer outra garota, e sempre seria. Sua amizade de infância florescera para uma ligação sem igual e ela até gostava, da namorada do amigo, mas, até o Natal daquele ano, Billy se cansara dela. Ela não tinha o entusiasmo e a paixão de Marie-Ange, a energia, a inteligência, o estilo e, ao compará-las, ele se entediava. Marie-Ange o estragara. Ele tinha completado 21 anos quando ela começou seu penúltimo ano de estudos, e foi um período difícil para ela. Tia Carole estava doente a maior parte do tempo; ela parecia definhar aos poucos, cada vez mais frágil. Estava com 79 anos e, em muitos aspectos, parecia tão dura quanto sempre fora, mas ultimamente isso não passava de bravata e ocasionalmente Marie-Ange sentia pena dela, embora Billy dissesse que não sentia. Sempre detestara a maneira como ela tratava sua amiga, seu coração insensível, seu espírito mesquinho. Marie-Ange sabia que seu pai não errara no julgamento que fazia dela, mas estava acostumada com ela e sentia-se grata por tê-la acolhido. Fazia o máximo que podia para ajudá-la quando estava doente. Preparava a comida para ela tarde da noite para que, no dia seguinte, ela tivesse o que comer durante todo o dia, e era bem mais generosa em suas porções do que Carole fora com ela durante toda a sua infância.

Naquele ano, Carole precisou ser internada no hospital na época do Natal, com uma fratura na bacia. Caíra da cadeira de rodas ao bater em um pedaço de gelo a caminho do celeiro e, pela primeira vez, Marie-Ange passou todo o dia de Natal com Billy. Foi o Natal mais feliz em todos aqueles anos. Ela e as irmãs dele divertiram-se decorando a árvore, fazendo presentes umas para as outras e cantando. Ela levou um jantar, com peito de peru, para sua tia-avó no hospital e entristeceu-se ao ver que ela estava debilitada demais para comer. A poliomielite não ajudava a recuperação, e ela parecia ainda mais frágil.

Marie-Ange também passou a noite de Ano-novo com Billy, e todas riram, dançaram, cantaram e brincaram até muito depois da meia-noite. Uma das irmãs dele ficou um pouco bêbada com o vinho branco e perguntou a Marie-Ange quando ela se casaria finalmente casar-se com Billy. Disse que Marie-Ange, de qualquer modo, já o estragara para todas as outras e o que ele faria com todo o francês que aprendera? A menos que se casasse com ela, seria inútil. Alguma coisa no modo como falou, embora em meio a brincadeiras e com boas intenções, fez Marie-Ange sentir-se culpada.

– Não seja tola – disse Billy, mais tarde naquela noite, quando ela mencionou o assunto. Estavam sóbrios, sentados na varanda, conversando, depois que todos já haviam ido dormir. Estava muito frio, mas eles se enrolados em mantas e se aqueceram, enquanto olhavam o céu estrelado e conversavam. – Minha irmã não sabe o que está dizendo. Você não me "estragou", Marie-Ange; você me ajudou. Além disso, nossas vacas adoram quando falo francês com elas. Eu escreveria um artigo sobre isso para a escola: juro que produzem mais leite se falo em francês com elas quando estou ordenhando. – Sorria, zombando dela, com as mãos dadas, como às vezes faziam. Sempre houvera algo terno e reconfortante nesse gesto, embora ambos insistissem que não significava nada.

– Mais cedo ou mais tarde, você terá que se casar com alguém – disse Marie-Ange, de modo prático, mas havia uma ponta de tristeza em sua voz. Ambos sabiam que um dia teriam que seguir com suas vidas, mas nenhum deles estava pronto para isso.

– Talvez eu nunca me case – disse Billy, simplesmente. – Não sei se quero. – Ela sabia que ele queria casar-se com ela, ambos sabiam, mas, se não era possível, não estava disposto a se contentar com menos do que compartilhava com ela. A amizade que tinham era honesta e profunda demais para que se contentassem em ter menos de outros parceiros. Além disso, Marie-Ange não queria ninguém no momento. Gostava da vida que levava: frequentando a faculdade e compartilhando todos os seus pensamentos, sonhos e segredos com Billy. Ainda assim, estava determinada a nunca confundir ou estragar a amizade deles com romance.

– Não quer ter filhos? – perguntou Marie-Ange, surpresa com o que ele disse, embora compreendesse a razão.

– Talvez. Talvez não. Não sei. Terei muitos sobrinhos e sobrinhas. Eles me deixarão bastante louco, talvez eu não precise de filhos. – Olhou-a serenamente ao dizer isso. Tudo o que realmente queria era estar com ela, e não gostava da ideia de alguém interferindo nisso. – Você terá filhos um dia. Tenho certeza. Será uma mãe maravilhosa.

– Não posso sequer imaginar isso – disse ela, honestamente. Mal podia lembrar-se do que era viver numa família verdadeira, como fizera com seus pais e seu irmão quando estavam vivos. Só sentia esse gosto quando visitava Billy. Adorava ficar com ele, compartilhar o amor e a alegria de sua família, mas isso já não fazia parte de sua vida. Em muitos aspectos, sentia-se muito solitária.

Conversaram até de madrugada e ela passou a noite na casa dele, compartilhando um quarto com suas irmãs. No dia seguinte, voltou ao hospital para visitar sua tia-avó. Sua recuperação foi demorada. Quase um mês se passou até ela deixar o hospital, e mais dois meses até sair da cama. Já não parecia tão intimidante. Sua fragilidade era cada vez mais visível e até sua mesquinhez parecia ter perdido a força. De certo modo, parecia definhar. Marie-Ange fez o que precisava fazer por ela, mas mal se falavam e o que Marie-Ange fazia era mais mecânico do que por qualquer sentimento que nutrisse por ela.

Carole completou 80 anos no começo do verão, pouco antes de Marie-Ange fazer 21 anos. Foi um grande golpe para ela quando Tom anunciou que se aposentaria e se mudar para o Arizona, para ficar perto dos pais de sua mulher, que passara o ano todo viajando para vê-los e cuidar deles, o que estava sendo desgastante demais para ela.

– Velhos assim deveriam ser colocados em um asilo – resmungou Carole para Marie-Ange depois que Tom lhe deu a notícia. Estava obviamente transtornada, embora não tivesse dito praticamente nada a ele, e disse a Marie-Ange que havia capatazes aos montes por aí. Ele recomendara seu sobrinho para a vaga, mas Marie-Ange sabia que Carole não gostava dele. Marie-Ange lamentava muito ver Tom partir. Sempre fora amável com ela, e ela gostava dele.

Naquele verão, Marie-Ange trabalhou em tempo integral outra vez, para pagar suas despesas com a faculdade, mas ainda assim conseguia passar bastante tempo com Billy, que tinha outra namorada. Dessa vez, Marie-Ange achou que o relacionamento podia se tornar sério, se ele permitisse. Ela era meiga e dedicada a ele, e muito bonita. Estudara na mesma escola que eles, uma série abaixo, e suas famílias se conheciam havia anos. Poderiam ter uma vida muito boa juntos. Aos 22 anos, Marie-Ange achava que ele estava preparado. Saíra do colégio havia três anos, terminara o curso de extensão no ano anterior e trabalhava com afinco na fazenda do pai. Como muitos outros rapazes que trabalharam em fazendas desde o começo da adolescência, com todas as responsabilidades e dificuldades, ele amadurecera cedo.

Era um dia quente e sufocante. Marie-Ange saía de casa em seu amado Chevy para visitar Billy quando viu um carro desconhecido chegar, dirigido por um homem mais velho, com um chapéu de caubói e terno. Imaginou se ele seria um candidato ao emprego de capataz. Não deu muita importância e ficou surpresa por ainda encontrá-lo ali quando voltou da fazenda de Billy, três horas mais tarde. Nunca lhe ocorrera que o homem viera vê-la, mas ele acabava de sair da cozinha com sua tia-avó quando ela saiu do carro, carregando algumas compras que fizera no mercado para preparar o jantar. Olhou-a com expectativa enquanto tia Carole indicava-a com um movimento da cabeça.

Carole apresentou-lhe o homem, mas seu nome não significou nada para Marie-Ange. Era Andrew McDermott, e ele viera dirigindo desde Des Moines para vê-las. Sorriu quando Marie-Ange perguntou-lhe inocentemente se ele viera conversar com Carole sobre a vaga como administrador da fazenda.

– Não, eu vim vê-la – disse ele, em tom amável. – Tinha alguns assuntos para tratar com sua tia. Talvez possamos nos sentar um pouco.

Porém, Marie-Ange sabia que precisava colocar o jantar na mesa e perguntou-se por que ele queria sentar-se com ela.

– Alguma coisa errada? – perguntou Marie-Ange à sua tia, que franziu o cenho e sacudiu a cabeça. Desaprovava quase tudo o que o homem dissera, mas não ficara surpresa. Sabia da maior parte desde o começo.

– Não, não há nada errado – explicou o visitante, gentilmente. – Vim vê-la a respeito do *trust*, um depósito em confiança que seu pai lhe deixou. Sua tia e eu conversamos sobre isso há algum tempo e os investimentos feitos ao longo dos anos deram ótimos rendimentos. Todavia, agora que você atingiu a maioridade, preciso informá-la a respeito.

Ela não fazia a menor ideia do que ele estava falando e podia ver que tia Carole não parecia satisfeita. Imaginou se seu pai havia feito algo errado ou, de alguma forma, custara-lhe algum dinheiro. Não compreendia nada do que ele estava dizendo. Achava que confiança era algo que existia entre duas pessoas, como entre ela e Billy.

– Podemos nos sentar enquanto eu lhe explico? – Ainda estavam na soleira da porta e Marie-Ange deixou-os por um instante, para colocar as compras em cima da mesa da cozinha.

– Não demoro – prometeu tia Carole, conforme a cadeira de rodas desaparecia dentro de casa. Ouvira tudo a respeito e não tinha interesse em permanecer com eles.

– Srta. Hawkins – começou Andy McDermott –, sua tia lhe explicou tudo sobre a herança que seu pai lhe deixou?

Marie-Ange sacudiu a cabeça, estarrecida.

– Não, não sabia que ele havia deixado alguma coisa. Sempre achei que ele deixara dívidas – disse ela, simplesmente, sem artifícios ou pretensão.

– Ao contrário – exclamou, parecendo surpreso por ela não saber nada sobre o assunto –, ele deixou negócios extremamente bem-sucedidos, que foram vendidos alguns meses após sua morte. Um de seus sócios comprou a parte dele, a um preço justo, e todos os bens imóveis que ele possuía estavam desimpedidos. Tinha alguma poupança e, é claro, algumas dívidas, mas nada de grande importância. Ele deixou um testamento em seu nome e do seu irmão, mas, com a morte de seu irmão, a parte dele passou para você.

Era a primeira vez que ouvia falar de tudo aquilo e estava admirada com o que ele lhe dizia.

– Você deveria herdar um terço do que seu pai lhe deixou, quando fizesse 21 anos, o que acabou de ocorrer, e por isso estou aqui. O *trust* manterá o restante e desembolsará a terça parte seguinte quando você completar 25 anos e o saldo quando fizer 30 anos. Ele lhe deixou uma quantia muito boa – disse ele, solenemente, olhando para Marie-Ange. Percebeu que ela era uma pessoa absolutamente simples e que não esperava nada. Talvez sua tia tivesse razão ao não lhe revelar nada, imaginou.

– Quanto ele deixou? – perguntou Marie-Ange, sentindo-se envergonhada. – Muito? – Achava que não.

– Eu diria que sim. – Ele sorriu-lhe. – O dinheiro foi bem investido ao longo dos anos e, atualmente, antes de qualquer desembolso para você, o *trust* totaliza pouco mais de 10 milhões de dólares.

Fez-se um silêncio muito longo enquanto ela o fitava, sem conseguir absorver o que ele acabara de dizer e sem poder acreditar. Era uma brincadeira, tinha que ser, e não tinha graça alguma.

– O quê? – Foi a única palavra que conseguiu emitir.

– O *trust* controla pouco mais de 10 milhões de dólares para você – repetiu ele. – Um terço dessa quantia será depositado em uma conta para você, na semana que vem, e eu sugiro que reinvista a maior parte assim que puder. Na verdade, podemos tratar disso para você. – Ele era advogado do Banco que administrava a conta do *trust*, explicou. Inicialmente, os bens ficavam na França, mas finalmente foram transferidos para Iowa, por sugestão de Carole. Achava que Marie-Ange jamais voltaria para lá. – Provavelmente, eu também deveria lhe dizer – revelou confidencialmente – que oferecemos à sua tia uma quantia em dinheiro para seu sustento, periodicamente, e ela muito gentilmente disse que não havia necessidade. Ela mesma a sustentou nos últimos dez anos, sem jamais tirar proveito da herança que seu pai lhe deixou. Achei que gostaria de saber disso. – Até mesmo essa informação era confusa. Tia Carole quase a deixara morrer à míngua, comprara-lhe roupas da loja beneficente Goodwill, forçara-a a pagar com serviços cada centavo que gastara com ela e recusara-se a ajudá-la a frequentar a universidade.

Era difícil decidir se tia Carole fora um monstro ou uma heroína, mas talvez houvesse feito apenas o que achara melhor. Porém, de forma alguma avisara Marie-Ange do que a aguardava. Foi uma surpresa absoluta e um grande choque na medida em que Andrew McDermott entregava-lhe um envelope em papel pardo cheio de documentos e sugeria-lhe que os examinasse. Precisava de uma única assinatura para abrir uma conta bancária em seu nome e, ao deixá-la, parabenizou-a por sua sorte. Ainda assim, Marie-Ange não estava certa se via a questão dessa forma. Preferia ter tido seus pais e seu irmão vivos e ter crescido com eles em Marmouton a ter passado os últimos dez anos em Iowa com tia Carole, tendo que suportar dificuldades e uma solidão sem fim. Por mais rica que fosse, Marie-Ange ainda não conseguia compreender o que acabara de acontecer a ela ou o que significaria aquilo, enquanto continuava agarrando o envelope que ele lhe deixara.

– Quando jantaremos? – gritou-lhe tia Carole através da porta de tela e ela correu para dentro, colocou o envelope sobre o balcão da cozinha e apressou-se em preparar o jantar.

Durante toda a refeição, tia Carole nada disse, até que Marie-Ange quebrou o silêncio.

– Você sabia? – Seus olhos examinaram o rosto de sua tia-avó e não viram nada; afeição, carinho, arrependimento, ternura ou alegria por ela. Tinha a mesma aparência, amarga, cansada, velha e fria como o gelo do inverno.

– Nem tudo. Ainda não sei. Não é da minha conta. Sei que seu pai lhe deixou muito dinheiro. Fico feliz por você. Tornará as coisas mais fáceis para você quando eu partir. – Então, ela deixou Marie-Ange ainda mais perplexa. – Venderei a fazenda no mês que vem. Tive uma boa oferta e você está bem agora. Estou cansada. Vou me mudar para uma casa de repouso em Boone. – Falou sem desculpas ou arrependimento, e sem qualquer preocupação sobre o que aconteceria a Marie-Ange, mas reconhecidamente não tinha razão para se preocupar com ela, exceto que era uma jovem de 21 anos e, pela segunda vez na vida, estava prestes a não ter um teto.

– Até quando ficará aqui? – perguntou Marie-Ange, preocupada com ela e buscando algum vestígio da emoção que nunca transparecera.

– Se eu vender no próximo mês, terei um prazo de trinta dias. Devo estar em Boone até o final de outubro. Tom disse que esperará até então.

Eram apenas seis semanas, e Marie-Ange compreendeu que precisaria tomar algumas decisões. Estava prestes a começar o último ano da faculdade e imaginou se deveria se mudar para mais perto da escola ou tirar o ano para voltar à sua casa na França, ao menos para vê-la. Por um instante, teve o sonho de comprar Marmouton novamente. Não sabia quem era o atual proprietário ou o que acontecera ao lugar e imaginava se essa informação estaria incluída nos papéis que o advogado do Banco lhe entregara.

– Precisarei me mudar quando você sair – disse Marie-Ange, pensativa, imaginando se algum dia conhecera aquela mulher. Mas já conhecia a resposta para essa pergunta. – Você ficará bem na casa de repouso, tia Carole? – Sentia que lhe devia algo, por mais desagradável ou fria que ela houvesse sido. Afinal, tomara conta dela por dez anos e Marie-Ange era grata por isso.

– Não estou bem aqui. Que diferença faz? De qualquer modo, estou muito velha para administrar uma fazenda. Você voltará para a França, eu imagino, ou arranjará um emprego em algum lugar quando terminar a faculdade. Não tem motivos para continuar aqui, a menos que se case com aquele rapaz com quem você diz que não quer se casar. E provavelmente não deve, agora. Você pode arranjar um ótimo partido com todo esse dinheiro. – Era um modo desagradável de ver a questão e a maneira como falou fez Marie-Ange estremecer. Em nenhum momento ela aventou a ideia de amar alguém, e Marie-Ange não pôde deixar de imaginar, como já fizera, como teria sido sua vida com o marido, se ela algum dia o amara, se era até mesmo capaz de amar. Era impossível imaginá-la jovem, apaixonada ou feliz.

Marie-Ange limpou a cozinha após o jantar e sua tia disse que se deitaria cedo. Afastou-se silenciosamente em sua cadeira de rodas, pelo corredor escuro. Quando Billy telefonou pouco depois, Marie-Ange disse que precisava vê-lo.

– Aconteceu alguma coisa? – Ele pareceu preocupado.

– Não... sim... não... Não sei. Estou confusa. Aconteceu algo hoje que eu preciso lhe contar. – Precisava urgentemente falar com ele. Não havia ninguém com quem pudesse conversar, embora ela soubesse que ele era tão ignorante em questões financeiras quanto ela. Mas ele era sensível, inteligente e desejava o melhor para ela. Nunca lhe ocorreu, nem por um instante, que ele pudesse sentir inveja dela.

– Você está bem? – perguntou ele. Ela hesitou.

– Acho que sim. Sim. – Não queria preocupá-lo. – É uma coisa boa. Eu apenas não compreendo.

– Venha aqui quando quiser – disse ele, tentando acalmá-la. Sua nova namorada estava com ele, mas ela morava em uma fazenda próxima e ele se ofereceu para levá-la para casa antes que Marie-Ange chegasse, e ela não pareceu se importar.

Vinte minutos depois, Marie-Ange surgiu na varanda da frente, trazendo o envelope em papel pardo.

– O que é isso? – Viu-o no mesmo instante e imaginou se seria um documento da faculdade. Imaginou, de repente, se ela teria conseguido outra bolsa de estudos, mas a expressão em seu rosto disse-lhe que se tratava de algo mais importante.

– Um advogado veio me ver hoje – disse ela, num sussurro, para que o restante da família não pudesse ouvir. Confiava nele inteiramente. Sua confiança nele nunca fora abalada e sabia que não seria dessa vez.

– Sobre o quê?

– Um dinheiro que meu pai me deixou quando morreu – disse ela, e ele imediatamente pensou, como Marie-Ange, que seria uma quantia na casa dos milhares, se ela tivesse sorte. Ao menos, a ajudaria a terminar os estudos e ficou feliz por ela. – Muito dinheiro. – Ela tentou prepará-lo, mas o que acontecera a ela era inconcebível e sabia que Billy ficaria tão confuso quanto ela.

– Quanto? – Em seguida, corrigiu-se rapidamente. – Ou você prefere não me contar? Você não tem que me contar, você sabe. Não é da minha conta – disse ele, discretamente.

– Acho que eu não deveria dizer nada – disse ela, olhando para ele, aterrorizada de que aquilo pudesse mudar alguma coisa entre eles. – Não quero que me odeie por isso.

– Não seja tola. Ele matou alguém ou roubou esse dinheiro? – provocou-a.

– Claro que não – sorriu-lhe, nervosamente –, é o resultado da venda da casa, dos negócios e de alguns investimentos. O que ele deixou cresceu muito nos últimos dez anos. Billy – hesitou por um longo instante –, é *muito* dinheiro. – Teve vontade de desculpar-se por isso. Parecia pecado alguém possuir tanto dinheiro, mas ela possuía. E agora deveria lidar com isso.

– Você está me deixando maluco, Marie-Ange. Vai me contar ou não? E, aliás, sua tia Carole sabia disso?

– Parece que sabia, mais ou menos. E ela nunca aceitou nenhuma ajuda para me sustentar. Acho que isso, de certa forma foi bondade dela, mas certamente teria facilitado minha vida se ela houvesse aceitado. De qualquer forma, é tudo meu agora. – Seus olhos encontraram-se e não se desviaram enquanto ele aguardava. Ela respirou fundo e murmurou as palavras cujo alcance nem ela entendia e se perguntava se algum dia entenderia. – Dez milhões de dólares – disse, tão baixo que ele mal pôde ouvi-la.

– Ah, claro – disse ele, rindo, recostando-se em sua cadeira na varanda, divertindo-se com a piada. Estivera inclinado para a frente, na expectativa de ouvi-la, e simplesmente dera uma gargalhada. – E eu sou Mickey Mantle.

– Não, falo sério. É isso mesmo. – Ela parecia compartilhar algo terrível com ele e, de repente, ele parou de rir e olhou-a fixamente.

– Não está brincando? – Ela sacudiu a cabeça em resposta e ele cerrou os olhos como se ela houvesse lhe dado um tapa; depois abriu-os para fitá-la, incrédulo. – Ah, meu Deus, Marie-Ange... o que vai fazer com isso? O que vai fazer agora? – De certo modo, teve medo por ela. Era uma quantia de dinheiro assustadora. Além de tudo o que pudessem imaginar.

– Não sei. Tia Carole disse-me hoje à noite que venderá a fazenda no próximo mês irá e para uma casa de repouso em Boone. Não terei onde morar daqui a seis semanas. Ela tem alguém que quer comprar a fazenda e decidiu vendê-la.

– Você pode morar aqui – disse ele, generosamente, mas ela sabia que não havia espaço para ela e que isso não seria correto.

– Acho que poderia conseguir um apartamento na faculdade ou morar no dormitório. Não sei o que se deve fazer quando algo assim acontece.

– Nem eu. – Sorriu-lhe timidamente. – Seu pai deve ter sido muito rico quando você era pequena. Acho que nunca entendi isso. Aquele *château* de que você falava devia ser do tamanho do Palácio de Buckingham.

– Não, não era. Era lindo e eu o amava; acho que ele tinha muitas terras e os negócios deviam estar indo muito bem. Ele também tinha economias e... Meu Deus, Billy, eu não sei... O que vou fazer? – Queria que ele a aconselhasse, mas ambos eram jovens e aquela conversa era inconcebível para eles, particularmente considerando a vida que levavam. Suas vidas em Iowa eram muito simples.

– O que quer fazer? – perguntou-lhe ele, ponderadamente. – Quer ir para casa e começar uma nova vida na França ou terminar a faculdade aqui? Pode fazer o que quiser. Poxa, Marie-Ange, você pode ir para Harvard se quiser. – Para ele, ao menos, representava uma liberdade ilimitada e estava feliz por ela.

– Acho que gostaria de ir para casa por algum tempo, e ao menos ver Marmouton outra vez. Talvez até possa comprá-lo. – "E nunca mais voltar aqui", ele podia ouvir a realidade ecoar em sua cabeça enquanto a ouvia, mas não expressou seus temores. Repentinamente, teve medo de nunca mais voltar a vê-la, depois que fosse embora. E ela sabia no que ele estava pensando.

– Eu vou voltar. Só quero ver como é. Talvez eu tranque a matrícula por um semestre e volte para o Natal.

– Seria ótimo. – Ele resolveu colocar seus sentimentos de lado e pensar nela. Amava-a o suficiente para isso. – Talvez você seja feliz lá. – Afinal, ela era francesa e não tinha nenhum parente nos Estados Unidos, a não ser tia Carole. Embora houvesse passado quase metade de sua vida nos Estados Unidos, ela ainda era francesa e sempre seria.

– Talvez. Eu só não sei o que fazer. – Nenhum dos lugares parecia seu lar. E, com as opções que se abriam para ela, tudo parecia ainda mais confuso. – Se eu ficasse, você me visitaria? Poderia usar seu francês, finalmente. Eu lhe mandaria a passagem. – Conhecia-o muito bem para saber que ele jamais aceitaria e seria difícil para ele arranjar tempo para visitá-la, ainda que tivesse dinheiro para comprar a passagem. – Precisa me prometer que me visitaria se eu ficasse lá.

– Acha que terminará a faculdade? – perguntou ele, preocupado com ela novamente, e ela assentiu.

– Eu quero terminar. Acho que provavelmente voltarei. Talvez eu tire esse semestre e espere para ver o que acontece.

– Seria uma pena não terminar a faculdade – disse ele, parecendo um irmão mais velho, enquanto ela assentia.

Em seguida, ela retirou os papéis do envelope e começaram a examiná-los juntos. Contudo não os entendiam. Era um portfólio dos investimentos do *trust*.

– Eu simplesmente não posso acreditar – disse ele, fitando-a novamente antes que ela partisse. – Marie-Ange, isso é incrível. – Em seguida, exibiu um amplo sorriso e deu-lhe um abraço. – Meu Deus, quem diria que você se tornaria uma garota rica.

– Sinto-me como Cinderela – murmurou.

– Não vá fugir com um belo príncipe nos próximos dez minutos. – Eles sabia que isso significava que não haveria nenhuma esperança para eles, mas, de acordo com Marie-Ange, nunca houvera. Agora, não havia nenhuma possibilidade de se declarar novamente a ela. Era uma herdeira, mas era também sua melhor amiga e ela o fez jurar que aquilo jamais faria nenhuma diferença entre eles.

– Voltarei para o Natal – prometeu ela com verdadeira intenção, mas ele perguntou a si mesmo se seria realmente assim, se ela realmente voltaria, ou mesmo se desejaria voltar depois dos anos de sofrimento que passara ali. Parecia-lhe que o certo a fazer era voltar para casa.

Acompanhou-a até o carro quando ela saiu e deu-lhe outro abraço. O carro que lhe dera parecia tolo diante de tudo o que acabara de acontecer.

– Dirija com cuidado. – Sorriu-lhe, ainda impressionado com o que ouvira. Ambos precisariam de tempo para assimilar a notícia.

– Eu o amo, Billy – disse ela, sinceramente, e ele sabia disso.

– Eu também a amo. Você sabe. – Assim, ela acenou e afastou-se. Teve muito no que pensar no trajeto para casa e, na manhã seguinte, foi a Des Moines. Havia algo que sabia que precisava fazer. Pensara nisso na noite anterior e não queria esperar nem mais um dia. Ligou para Andy McDermott e explicou-lhe o que queria. A princípio, ele pareceu um pouco surpreso, mas, afinal, a jovem tinha apenas 21 anos. Era um primeiro passo interessante, mas ela estava resolvida quando ele a interrogou a respeito.

Ela fechou a transação em menos de uma hora e combinaram de entregá-lo na fazenda naquela manhã. Estavam perplexos com a rapidez com que ela fizera a compra. Quando foi entregue, causou infindáveis comentários entre os peões da fazenda e tia Carole ficou lívida ao vê-lo.

– É exatamente o tipo de coisa estúpida que eu achava que você faria. O que vai fazer com isso? – perguntou, em tom de reprovação, mas não havia nada que pudesse fazer para impedi-la.

– Darei a Billy – disse Marie-Ange calmamente enquanto sentava ao volante do Porsche zero quilômetro, vermelho vivo, que comprara para ele naquela manhã. Havia três anos, ele tornara possível para ela continuar os estudos e frequentar a universidade. Agora, faria alguma coisa por ele, algo que jamais poderia fazer para si mesmo em toda a sua vida. Ela pagou o seguro do carro por dois anos e sabia que ele adoraria.

Dirigiu-o até a frente da casa dele, exatamente no momento em que ele chegava de trator, com um dos seus irmãos. Fitou-a admirado.

– Trocou o Chevy por esse carro? Espero que tenham lhe dado algum dinheiro de volta! – Riu e saltou do trator para olhar mais de perto aquele veículo extraordinário que ela dirigia. – Como dirá às pessoas que o comprou? – perguntou, com ar preocupado. Sabia que ela não desejaria ser alvo de comentários ou que todos ficassem sabendo que recebera uma herança do pai.

– Ainda não pensei nisso – disse-lhe, com um amplo sorriso –, talvez tenha que lhes dizer que o roubei. Mas, ao menos, não o estarei dirigindo.

– Por que não? – Ele ficou confuso quando ela silenciosamente entregou-lhe as chaves e beijou-o na face, à maneira francesa.

– Porque é seu, Billy! – disse ela, ternamente. – Porque você é o melhor amigo que tenho no mundo e é meu irmão.

Os olhos dele encheram-se de lágrimas, e não sabia o que dizer a ela. Quando finalmente conseguiu falar, insistiu que não poderia aceitá-lo, não importava quanto dinheiro seu pai havia lhe deixado. Entretanto, ela recusou-se a discutir a questão ou se deixar convencer. Os documentos do carro estavam em seu nome e ela sentou-se no banco do passageiro, esperando que ele dirigisse o carro.

– Não sei o que dizer – falou, com a voz embargada, enquanto sentava no banco do motorista. Era difícil resistir, e todos na fazenda os olhavam. Sabiam que algo inacreditável acontecera.

– Isso significa que você se casará com ele? – mãe de Billy gritou da janela da cozinha, imaginando que ela o houvesse ganhado num concurso. Talvez houvesse ganhado na loteria ou algo assim.

– Não, significa que ele tem um carro novo – respondeu Marie-Ange, com um largo sorriso, enquanto Billy girava a chave na ignição e o motor do pequeno carro esporte entrava em ação. Partiram a toda velocidade enquanto Billy gritava, exultante, e os longos cabelos louros de Marie-Ange voavam ao vento.

6

Tia Carole vendeu a fazenda, como disse que faria, e duas semanas depois mudou-se para a casa de repouso em Boone. Marie-Ange ajudou-a a fazer as malas e não pôde deixar de pensar na crueldade de Carole quando levou suas malas para a loja Goodwill e as deixou lá, com quase tudo o que ela trouxera consigo. Dessa vez, no entanto, Marie-Ange colocou nas malas todas as suas pequenas lembranças e objetos favoritos. Quando chegaram a Boone, a velha senhora voltou-se para ela, olhou-a longa e duramente e disse:

– Não faça nenhuma tolice.

– Vou tentar – respondeu Marie-Ange com um sorriso, desejando sentir mais por ela do que realmente sentia. Na realidade, não sentia nada; tia Carole jamais o permitira. Marie-Ange não podia sequer dizer-lhe que sentiria sua falta. Ambas sabiam que não sentiria. – Eu lhe escreverei e direi onde estou – disse, educadamente.

– Não precisa. Não gosto de escrever. Posso ligar para o Banco, se precisar encontrá-la.

Após dez anos de convivência, era uma despedida seca, sem emoções. Carole simplesmente não era capaz de mais do que isso, nunca fora. Depois que a deixou, Marie-Ange sentiu-se triste, por tudo o que nunca houve entre ambas. Emocionalmente ao menos, exceto por Billy, foram dez anos desperdiçados.

Voltou para casa e arrumou suas coisas. Tom e sua esposa haviam partido e a casa parecia estranha e vazia. Marie-Ange tinha sua passagem e seu passaporte, e as malas estavam prontas. Partiria pela manhã, fazendo o caminho por onde viera, primeiro para Chicago e então para Paris. Ficaria em Paris por alguns dias e talvez desse uma olhada nos cursos da Sorbonne, depois alugaria um carro e iria até Marmouton, apenas para vê-lo. E procuraria saber o que acontecera a Sophie. Presumia que houvesse morrido, mas talvez alguém pudesse lhe dizer como ou quando isso aconteceu. Marie-Ange suspeitava de que ela houvesse morrido de tristeza, mas o que quer que lhe houvesse acontecido, ela queria saber. Sabia que, se Sophie estivesse viva, teria escrito para ela, e não o fizera. Nem uma única carta em resposta às suas.

Jantou com Billy e sua família naquela noite. Todos na região ainda comentavam a respeito de seu Porsche novo, e ele aproveitava cada chance que tinha para dirigi-lo. Seu pai implicara com ele, dizendo que passava mais tempo no carro que no trator. Sua namorada, Debbi, ficara apaixonada pelo carro. Mas, para Billy, ele significava ainda mais, porque fora um presente de Marie-Ange. Finalmente, desistira de discutir com ela por causa do carro e concordara em aceitá-lo, embora continuasse a dizer que não deveria fazê-lo, mas não conseguia se separar dele. Era o carro dos seus sonhos e a maneira dela de agradecer-lhe por ajudá-la a ir para a faculdade com o Chevy.

– Telefonarei para você de Paris, assim que puder – prometeu-lhe naquela noite quando ele a levou para casa. Ela deixou o Chevy com ele e pediu-lhe para guardá-lo para ela, caso ela voltasse para terminar a faculdade. Não queria vendê-lo, significava muito para ela. Era a única coisa que queria guardar de todos os anos que passara com tia Carole. Não havia outras lembranças felizes, somente momentos tristes, exceto os que envolviam Billy.

Billy prometeu pegá-la pela manhã e levá-la ao aeroporto. Enquanto vagava pela casa sozinha, pensando nos dez anos que passara ali, achou-a diferente e terrivelmente solitária. Perguntou-se como tia Carole estaria na casa de repouso, mas Carole dissera-lhe para não se dar o trabalho de ligar, e ela não o fez.

Teve um sono agitado e não fez nenhuma de suas tarefas quando se levantou, pela primeira vez em mais de dez anos. O mais estranho era pensar que logo estaria em Paris e, depois, de volta a Marmouton. Não conseguia sequer imaginar o que encontraria.

Billy apanhou-a exatamente às 9 horas e colocou sua pequena e única mala no carro. Não tinha quase nada para levar com ela. Nenhum suvenir, nenhuma fotografia, exceto dele, nenhum momento, exceto as coisas que ele fizera para ela ao longo dos anos, nos aniversários e no Natal. Os únicos outros objetos que tinham significado para ela eram as fotografias de seus pais e de Robert no medalhão que ainda usava com carinho.

Ambos ficaram em silêncio no carro, a caminho do aeroporto. Havia tanto a ser dito, mas nenhum modo adequado de dizer. Disseram tudo ao longo dos anos, apoiaram-se mutuamente e ainda o faziam, mas sabiam que, com a distância entre eles, tudo teria que ser diferente.

– Telefone-me se precisar de mim – disse ele enquanto esperavam o embarque do avião para Chicago. Ela não viajava de avião desde que chegara e lembrou-se do quanto estava aterrorizada, triste e solitária. Ele fora seu único amigo durante todos aqueles anos, sua única fonte de força e de consolo. Sua tia-avó dera-lhe casa e comida, mas nunca houve amor entre elas. Billy era muito mais a sua família do que tia Carole algum dia fora e, quando finalmente chegou a hora de embarcar no avião, ela abraçou-o com força por um longo momento, enquanto as lágrimas rolavam pelos rostos de ambos.

– Vou sentir tanto a sua falta – disse ela, chorando. Era como deixar Robert outra vez e receava nunca mais ver Billy novamente, assim como perdera seu irmão. Ele pressentiu seus pensamentos sem que ela precisasse colocá-los em palavras e serenamente tranquilizou-a.

– Tudo vai dar certo. Você provavelmente detestará a França e voltará logo. – Contudo, não acreditava nisso.

– Cuide-se bem – disse-lhe ela, ternamente, e eles abraçaram-se e beijaram-se pela última vez. Ela ergueu o rosto para ele, querendo gravar seu rosto sardento para sempre. – Eu o amo, Billy.

– Eu também a amo, Marie-Ange – disse ele, querendo que ela ficasse em Iowa. Mas não seria justo, e ele sabia disso. Havia uma oportunidade sem igual para ela.

Ficou ali, acenando, até o avião transformar-se num pontinho no céu e, então, ela se fora. Voltou lentamente para a fazenda, em seu carro vermelho novo, chorando por tudo o que ela significara para ele e que nunca se tornaria realidade.

7

O avião aterrissou no aeroporto Charles de Gaulle às 4 horas da manhã e, com sua única mala, Marie-Ange não precisou de mais do que alguns minutos para passar pela alfândega. Repentinamente, soava-lhe estranho ouvir as pessoas falarem francês por toda parte, e sorriu ao pensar em Billy e em como ele aprendera bem o francês.

Pegou um táxi até um pequeno hotel que uma das aeromoças lhe recomendara. Ficava na Rive Gauche, era seguro e limpo. Após lavar o rosto e desfazer a mala, era hora do café da manhã. Resolveu dar uma volta e encontrou um pequeno café, onde pediu croissants e uma xícara de café. Apenas pelo prazer, fez um *canard* para si mesma na xícara de café com leite fervente e pensou em Robert. Tantas lembranças foram trazidas à tona que ela quase não suportou. Depois, andou durante horas, vendo as pessoas, desfrutando o cenário, aproveitando a sensação de estar na França outra vez. Não voltou ao hotel senão depois de muitas horas e, quando o fez, estava exausta.

Jantou em um pequeno bistrô e chorou em sua cama de hotel naquela noite, por seu irmão e seus pais, pelos anos desperdiçados e pelo amigo que deixara em Iowa. Mas, apesar da tristeza, adorava estar em Paris. No dia seguinte, foi à Sorbonne e pegou alguns folhetos sobre os cursos oferecidos. Depois, alugou um carro e partiu para Marmouton. Levou o dia inteiro para chegar. Podia sentir o coração pulsando enquanto atravessava a vila devagar. Resolveu parar na confeitaria que adorava quando era criança e observou, sem poder acreditar, quando percebeu a mesma senhora atrás do balcão. Ela fora uma boa amiga de Sophie.

Marie-Ange falou-lhe com cuidado, explicou quem era e a velha senhora começou a chorar no instante em que a reconheceu.

– Meu Deus, você está tão linda, tão crescida! Sophie teria ficado tão orgulhosa de você – disse, abraçando-a.

– O que aconteceu a ela? – perguntou Marie-Ange quando a mulher entregou-lhe um brioche por cima do balcão.

– Morreu no ano passado – disse a mulher com tristeza.

– Escrevi para ela tantas vezes e ela nunca me respondeu. Ela ficou doente por muito tempo? – Talvez houvesse tido um infarto, Marie-Ange pensou, assim que a deixou. Era a única explicação possível para o seu silêncio.

– Não, ela foi morar com a filha quando você foi embora, e vinha me visitar a cada dois anos mais ou menos. Sempre falávamos a seu respeito. Disse que lhe escreveu umas cem vezes no primeiro ano, e todas as suas cartas voltavam sem serem abertas. Depois, ela desistiu, achou que talvez tivesse o endereço errado, mas o advogado de seu pai falou que estava correto. Talvez alguém não quisesse que você lesse as cartas. – As palavras da velha senhora atingiram o coração de Marie-Ange como um golpe, ao perceber que tia Carole provavelmente devolvera as cartas de Sophie e jogara fora as cartas de Marie-Ange, para cortar seus laços com o passado. Era exatamente o tipo de coisa que Carole faria. Era mais um ato de crueldade, mas tão desnecessário e tão mesquinho. E agora Sophie se fora para sempre.

– Sinto muito – acrescentou a mulher, vendo o rosto da jovem e a dor gravada em sua expressão.

– Quem mora no *château* agora? – perguntou Marie-Ange, em voz baixa. Não era fácil retornar àquele lugar; estava cheio de lembranças doces e amargas e sabia que partiria seu coração ver o *château* novamente, mas sentia que precisava fazê-lo, prestar uma homenagem ao passado, tocar uma parte de sua família outra vez, como se, ao retornar, ela os fosse reencontrar, mas sabia que não seria assim.

– Pertence a um conde. Conde de Beauchamp. Ele vive em Paris e ninguém nunca o vê. Raramente vem aqui, mas você pode entrar e visitar, se quiser. Os portões estão sempre abertos. Ele tem um caseiro, talvez você se lembre dele. O neto de madame Fournier.

Marie-Ange lembrava-se bem dele, da fazenda em Marmouton; era apenas alguns anos mais velho do que ela e às vezes brincavam juntos. Uma vez, ele a ajudara a subir em uma árvore e Sophie ralhara com eles e obrigara-os a descer. Imaginou se ele se lembrava disso com tanta clareza quanto ela.

Agradeceu à mulher da confeitaria e despediu-se, prometendo retornar. Em seguida, dirigiu lentamente até o *château*. Quando chegou, encontrou os portões abertos, como a mulher lhe dissera, o que a surpreendeu, especialmente se o proprietário estava quase sempre ausente.

Marie-Ange estacionou o carro alugado na entrada e atravessou lentamente os portões, como se entrasse de volta no Paraíso e receasse que alguém a impedisse. Mas ninguém apareceu, não se ouvia qualquer barulho, qualquer sinal de vida. Não se via Alain Fournier em nenhum lugar. O *château* parecia abandonado. As persianas estavam cerradas, o mato estava crescido, o lugar tinha uma aparência triste e podia ver que uma parte do telhado estava em ruínas. Mais além, viu os campos e as árvores, os bosques e o pomar que lhe eram tão familiares. Tudo era exatamente como se lembrava. Era como se, ao vê-los, ela se tornasse criança outra vez, e Sophie fosse surgir a qualquer momento procurando por ela. Seu irmão ainda estaria ali e seus pais voltariam de suas atividades para o jantar. Parada, imóvel, podia ouvir os pássaros e teve vontade de subir em uma árvore outra vez. Fazia frio e o lugar, mesmo parecendo abandonado, estava mais lindo que nunca. Por um instante, desejou que Billy pudesse vê-lo. Era exatamente como descrevera para ele.

Caminhou em direção aos campos, a cabeça baixa, pensando na família que perdera, nos anos que passara longe dali, na vida que tanto amara e que terminara tão abruptamente. E, estava de volta, mas o lugar pertencia a outra pessoa. O pensamento fez seu coração doer. Sentou-se em uma pedra, revivendo mil lembranças que lhe eram caras e, quando a noite começou a cair, no ar frio de outubro, ela voltou lentamente para o pátio. Acabara de passar pela porta da cozinha quando um carro esporte entrou a toda velocidade e parou perto dela. O homem ao volante lançou-lhe um olhar intrigado; em seguida, sorriu-lhe e saiu do carro. Era alto e magro, de cabelos escuros e olhos verdes, com um ar muito aristocrático. Imaginou imediatamente que ele deveria ser o conde de Beauchamp.

– Está perdida? Precisa de ajuda? – perguntou ele, amavelmente, e ela notou o anel de ouro com um timbre em seu dedo, indicando que ele era um nobre.

– Não, desculpe-me. Estou invadindo – disse ela, pensando em como sua tia-avó havia disparado a espingarda na primeira vez em que Billy fora visitá-la. No entanto, os modos desse homem eram infinitamente melhores que os de sua tia Carole.

– É um belo lugar, não? – disse ele, com um sorriso. – Gostaria de poder passar mais tempo aqui.

– É lindo – disse ela, com um sorriso triste, quando outro carro atravessou o portão e parou junto a eles. Um jovem saiu do carro, e ela percebeu que era o caseiro, Alain Fournier. – Alain? – disse ela, sem se conter. Ele era baixo e forte, e tinha o mesmo rosto alegre de quando eram crianças e brincavam juntos. Ele a reconheceu imediatamente, embora seus cabelos estivessem compridos e não possuíssem cachos, mas continuavam do mesmo tom dourado. Embora ela houvesse crescido, não mudara muito.

– Marie-Ange? – exclamou, surpreso.

– Vocês são amigos? – perguntou o conde, com uma expressão divertida.

– Costumávamos ser – respondeu o caseiro enquanto estendia a mão e cumprimentava Marie-Ange. – Brincávamos juntos quando éramos crianças. Quando voltou? – perguntou, admirado.

– Agora mesmo... Hoje... – Olhou com um ar de desculpas para o novo proprietário do *château*. – Desculpe-me, eu só queria rever o lugar.

– Você morava aqui? – perguntou ele, intrigado com aquela conversa.

– Sim. Quando criança. Meus pais... Eu... Eles morreram há muito tempo e fui para os Estados Unidos morar com uma tia-avó. Acabo de chegar de Paris.

– Eu também. – Ele sorriu-lhe, parecendo bem-educado e gentil, enquanto Alain acenava-lhe e se afastava. O conde usava um blazer azul e calças cinza de flanela; suas roupas tinham um corte impecável e uma aparência cara. – Gostaria de entrar e dar uma olhada? – Ela hesitou por um longo instante, sem querer se intrometer ainda mais, porém o convite era irresistível. Ele podia ver em seus olhos que ela adoraria. – Insisto que entre. Está ficando frio aqui. Farei um bule de chá e você pode dar uma volta pela casa.

Sem dizer nenhuma palavra, ela o seguiu, agradecida, para familiar cozinha. Ao entrar, sentiu seu mundo perdido envolvê-la outra vez, e as lágrimas assomaram-lhe aos olhos ao olhar à sua volta.

– Mudou muito? – perguntou ele, amavelmente, sem saber das circunstâncias do acidente de seus pais, mas era fácil ver que aquele era um momento sentimental para ela. – Por que não dá uma volta por aí e, quando voltar, o chá estará pronto. – Era embaraçoso ter imposto sua presença assim, mas ele parecia não se importar.

– Quase não mudou – disse ela, com uma expressão de terna surpresa. Realmente, lá estavam a mesma mesa e cadeiras, onde ela tomava o café da manhã e almoçava todos os dias com seus pais e com Robert. Era a mesma mesa por baixo da qual Robert passava seus *canards* de açúcar, que pingavam café sobre o carpete. – Você comprou o *château* do espólio do meu pai? – perguntou ela enquanto ele tirava do armário o bule de chá e o antigo coador de prata.

– Não. Comprei-o de um homem que o possuía havia vários anos, mas nunca morara aqui. Acho que sua mulher era doente ou não gostava daqui. Ele o vendeu para mim, e eu tenho pensado em passar algum tempo aqui e restaurá-lo. Faz pouco tempo que o comprei e tenho andado muito ocupado para dar atenção a ele. Espero começar a trabalhar nele neste inverno ou, ao menos, na próxima primavera. Merece ser tão belo quanto foi um dia. – Parecia inegável que tinha um aspecto desolado e abandonado.

– Não parece que seria necessária uma grande reforma para restaurá-lo – disse Marie-Ange a seu anfitrião enquanto ele coava o chá. As paredes precisavam de pintura e os assoalhos deveriam ser encerados, mas para ela ainda era lindo e exatamente como se recordava. Contudo, ele sorriu de sua avaliação.

– Receio que os encanamentos estejam em péssimo estado e a fiação elétrica também. Precisa de grandes reformas onde nem se pode ver. Acredite-me, é uma grande empreitada. Tanto os vinhedos quanto os pomares precisam ser replantados... Precisa de um telhado novo. Receio, senhorita, que eu tenha deixado a casa de sua família ficar em ruínas – disse ele, desculpando-se com um sorriso charmoso, espirituoso e sagaz. – A propósito, sou Bernard de Beauchamp. – Estendeu-lhe a mão e cumprimentaram-se educadamente.

– Marie-Ange Hawkins.

O nome dela despertou uma lembrança em sua mente, a história de um terrível acidente que tomara três vidas e deixara uma garotinha órfã. O homem de quem comprara o *château*, que por sua vez o comprara do espólio do pai dela, havia lhe contado a história.

Em seguida, ele a conduziu à sala de estar e ouviu quando ela subia as escadas para visitar seu antigo quarto de dormir.

Quando ela voltou ao térreo, pôde ver que havia chorado e sentiu pena da jovem.

– Deve ser difícil para você voltar aqui – disse, entregando-lhe a xícara de chá que preparara para ela. Era forte, escuro e estimulante, e ajudou-a a se recompor enquanto ele a convidava a sentar-se à mesa da cozinha.

– É mais difícil do que eu pensava – ela admitiu, sentando-se e parecendo muito jovem e bonita. Ele tinha quase exatamente o dobro de sua idade. Acabara de fazer 40 anos.

– É de se esperar – disse ele, gravemente. – Lembro-me de ter ouvido a respeito de seus pais e a seu respeito. – Sorriu-lhe, mas não havia nada de mal-intencionado ou libidinoso em seu comportamento. Parecia simplesmente um bom homem e uma pessoa compreensiva. – Eu sei o que é isso. Perdi minha esposa e meu filho há dez anos, em um incêndio, numa casa como esta. Vendi o *château* e levei muito tempo para me recuperar, como se fosse possível. Por isso eu quis comprar este lugar, porque queria ter uma casa como esta outra vez, mas tem sido difícil para mim. Talvez seja essa a razão por que estou levando tanto tempo para me mudar, mas será ótimo quando eu começar a reformá-lo.

– Era maravilhoso quando eu morava aqui – Marie-Ange sorriu, agradecida pela gentileza. – Minha mãe sempre o mantinha cheio de flores.

– E como você era na época? – perguntou-lhe com um sorriso amável.

– Eu passava todo o tempo subindo em árvores e apanhando frutas nos pomares. – Ambos riram à imagem que ela descreveu.

– Bem, você certamente cresceu desde então – disse ele, parecendo satisfeito em tomar chá com ela. O lugar era solitário para ele, e gostava daquela companhia. Ela fora uma surpresa agradável quando chegara ali. – Ficarei aqui um mês dessa vez. Quero trabalhar nos planos de reforma com o arquiteto. Você precisará me visitar outra vez, se tiver tempo. Ficará bastante tempo? – perguntou ele, com curiosidade, e ela pareceu hesitar.

– Ainda não tenho certeza. Acabo de chegar dos Estados Unidos, há dois dias, e tudo o que eu sabia era que queria vir aqui. Quero ir a Paris e ver alguns cursos na Sorbonne.

– Você já se mudou para a França?

– Não sei – disse ela francamente –, ainda não me decidi. Meu pai deixou... – Conteve-se e não terminou a frase. Seria indelicado mencionar a herança que seu pai lhe deixara. – Tenho a chance de fazer o que quiser e devo tomar algumas decisões a respeito.

– É bom estar nessa posição – disse ele, servindo chá em sua xícara novamente e continuando a falar. – Onde está hospedada, Srta. Hawkins?

– Também não sei ainda – disse ela, rindo e percebendo que devia parecer muito jovem e tola a ele. Parecia tão maduro e bem-educado. – E, por favor, chame-me de Marie-Ange.

– Adoraria. – Suas maneiras eram impecáveis, seu encanto impossível de ignorar, sua aparência notável. – Acabo de ter uma estranha ideia e talvez me ache louco por sugeri-la, mas talvez você goste. Se ainda não tem acomodações, estava pensando se gostaria de ficar aqui, Marie-Ange. Você não me conhece, mas pode trancar todas as portas em sua ala, se quiser. Na verdade, eu durmo no quarto de hóspedes, porque gosto mais dele. É mais ensolarado e alegre, mas toda a suíte principal pode ser perfeitamente lacrada e você estaria a salvo de mim, se estiver preocupada com isso. Imagino que deva significar muito para você continuar aqui.

Ficou sentada, fitando-o, impressionada com a oferta, sem conseguir acreditar que coisas assim acontecessem. Não tinha o menor receio dele. Era tão educado e tão gentil, que estava certa de que nada tinha a temer. Tudo o que queria era ficar ali e mergulhar no passado e nas lembranças que acalentara durante toda a sua vida.

– Seria muita indelicadeza de minha parte ficar, não? – perguntou-lhe, cautelosamente, com receio de se aproveitar da gentileza dele, mas morrendo de vontade de aceitar.

– Não se eu a convidar, e eu o fiz. Estou sendo sincero. Eu não teria oferecido se não quisesse que ficasse aqui. Não acho que você daria muito trabalho. – Sorriu-lhe de um modo paternal e, sem querer pensar muito a respeito, ela aceitou e prometeu voltar a Paris no dia seguinte. – Fique quanto tempo quiser – ele lhe assegurou. – Eu lhe disse, ficarei aqui por um mês, de férias, e o lugar é um pouco sombrio quando estou sozinho. – Ela queria oferecer-se para pagar a hospedagem, mas achou que seria uma ofensa. Ele obviamente era rico e, mais ainda, era um conde. Não queria insultá-lo tratando o *château* como um hotel. – Aliás, o que faremos para o jantar? Tem planos ou devo arranjar alguma coisa? Não sou um grande cozinheiro, mas posso preparar algo. Tenho alguns mantimentos no carro.

– Não espero que você me alimente também. – Estava constrangida por incomodá-lo tanto. Não tinha a menor ideia do quanto ele estava satisfeito com sua companhia. – Posso cozinhar para você, se quiser – ofereceu-se, timidamente. Cozinhara para sua tia Carole todas as noites. As refeições eram simples, mas sua tia nunca se queixara.

– Sabe cozinhar? – Pareceu surpreso com a ideia.

– Nos Estados Unidos, eu cozinhava para minha tia-avó.

– Mais ou menos como Cinderela? – provocou-a, com os olhos verdes brilhando, divertidos.

– Mais ou menos assim – respondeu Marie-Ange, levando a xícara vazia para a pia que conhecia tão bem. Apenas o fato de estar ali, parada, trouxe incontáveis lembranças de Sophie. Mais uma vez pensou nas cartas de Sophie e do que descobrira naquele dia.

– Cozinharei para você – ele lhe prometeu. Porém, por fim, optaram pelo patê, pela baguete fresca que ele comprara e por queijo *brie*. Ele abriu uma garrafa de um excelente vinho tinto, que ela recusou.

Ela arrumou a mesa e ficaram conversando por muito tempo.

Ele era de Paris e vivera durante um curto período na Inglaterra, quando era criança, tendo retornado à França logo depois. Após algum tempo de conversa, ele contou que seu filho tinha 4 anos quando morreu no incêndio. Disse que pensou que jamais se recuperaria e, de certa forma, realmente não se recuperara. Nunca se casara outra vez e admitiu que levava uma vida solitária. Mas não parecia um tipo de homem rabugento e fez Marie-Ange rir o tempo todo.

Separaram-se às 22 horas, após ele se certificar de que havia lençóis limpos na suíte principal. Ele não tentou lhe fazer nenhuma insinuação, não fez nada inadequado, desejou-lhe boa-noite e desapareceu para a suíte de hóspedes, do outro lado da casa.

Entretanto, foi mais difícil do que ela pensara dormir na cama de seus pais e pensar neles. Para chegar ali, passara pelo próprio quarto e pelo quarto de Robert. Sua mente e seu coração ficaram repletos de lembranças durante toda a noite.

8

Quando Marie-Ange desceu para o café da manhã no dia seguinte, depois de arrumar a cama, tinha um ar cansado.

– Como dormiu? – perguntou ele com uma expressão preocupada. Bebia café com leite e lia o jornal que Alain comprara para ele na vila.

– Ah... Tenho muitas lembranças daqui, eu acho – disse ela, educadamente, achando que não deveria perturbá-lo mais do que já o fizera e que deveria tomar o café da manhã na vila.

– Tive receio de que isso acontecesse. Pensei nisso ontem – disse ele, enquanto lhe servia uma enorme xícara de café com leite. – Essas coisas precisam de tempo.

– Faz dez anos – continuou, tomando um gole do café com leite e pensando nos *canards* clandestinos de Robert.

– Mas você nunca tinha voltado aqui – disse ele, sensatamente. – É normal que seja difícil. Gostaria de dar uma volta nos bosques hoje ou visitar a fazenda?

– Não, é muita gentileza sua. – Ela sorriu. – Devo voltar a Paris hoje. – Não fazia sentido continuar ali. Tivera uma noite para suas recordações, mas aquela era a casa dele e era hora de seguir em frente.

– Tem compromissos em Paris? – perguntou, tranquilamente. – Ou simplesmente acha que deve partir?

Ela sorriu ao assentir enquanto ele silenciosamente admirava seus longos cabelos louros, mas ela não via nada assustador em seus olhos. A ideia de que passara uma noite sozinha na casa com ele teria chocado muita gente, ela sabia, mas fora completamente inocente, inofensivo e educado.

– Acho que deveria ter tempo para desfrutar sua casa, sem que uma estranha acampe em sua suíte principal – disse ela com um olhar sério enquanto o fitava. – Foi muito gentil, *Monsieur le Comte*, mas não tenho o direito de continuar aqui.

– Tem todo o direito de continuar aqui, como minha convidada. Na realidade, se tiver tempo, eu adoraria sua opinião e o benefício de sua memória para me dizer exatamente como a casa era. Tem tempo para isso? – Na verdade, tinha todo o tempo do mundo nas mãos e mal podia acreditar na enorme generosidade dele, convidando-a para ficar.

– Tem certeza? – perguntou-lhe francamente.

– Absoluta. E ficaria muito satisfeito se me chamasse de Bernard.

Antes do almoço, fizeram um passeio pelos campos e ela lhe disse com precisão como tudo costumava ser, enquanto caminhavam até a fazenda. Depois, ele telefonou para Alain e pediu que os buscasse de carro, para que ela não se cansasse andando todo o caminho de volta.

Ela foi à vila comprar mantimentos e trouxe várias garrafas de excelente vinho para ele, para agradecer sua incrível hospitalidade. Porém, quando sugeriu preparar o jantar para eles, ele convidou-a para sair. Naquela noite, levou-a a um bistrô aconchegante nos arredores, que não existia dez anos antes, e passaram horas agradáveis. Ele tinha mil histórias para contar e facilidade em conversar com ela, como se fossem velhos amigos. Era um homem muito encantador, divertido e inteligente.

Separaram-se na entrada do quarto de seus pais novamente e, quando ela se deitou na cama, adormeceu imediatamente. No dia seguinte, quando acordou, disse-lhe um pouco mais enfaticamente que achava que deveria prosseguir viagem.

– Então, devo ter feito algo para ofendê-la – disse ele, fingindo-se magoado, e, depois, sorriu. – Eu já lhe disse que ficaria muito grato por sua ajuda se você ficasse, Marie-Ange.

– Era uma loucura. Ela simplesmente se mudara para a mesma casa que ele, uma completa estranha que surgira subitamente. Apesar de seu constrangimento, que ele facilmente dissipou, ele não parecia se importar.

– Não poderia ficar até o próximo fim de semana? – perguntou ele amavelmente. – Darei um jantar e adoraria apresentá-la a alguns amigos. Ficariam fascinados com o que você sabe sobre Marmouton. Um deles é o arquiteto que fará o projeto da reforma. Eu ficaria muito grato se você ficasse. Na realidade, não sei por que você iria embora. Não há nenhuma necessidade de correr a Paris. Você mesma disse que tem tempo.

– Não está cansado de mim? – Ela pareceu preocupada por um instante e, depois, sorriu. Ele era tão convincente em seu desejo de que ela permanecesse ali, quase como se estivesse à sua espera. Não parecia se importar em absoluto por ela ter tomado a suíte principal e invadido sua casa. Tratava-a como uma hóspede esperada e uma amiga, em vez da intrusa que ela era.

– Por que estaria cansado de você? Que bobagem! Você é uma companhia encantadora e me ajudou imensamente, explicando-me tudo sobre a casa. – Ela até lhe revelara uma passagem secreta que ela e Robert adoravam, e ele ficou fascinado. Nem Alain sabia daquela passagem secreta, e ele crescera na fazenda. – E então, você vai ficar? Se precisar partir, ao menos adie para depois do fim de semana.

– Tem certeza de que não quer que eu vá?

– Pelo contrário, quero que fique, Marie-Ange.

Ela continuou a comprar os mantimentos para ele, que cozinhava para ela. Voltaram ao mesmo bistrô e, na noite seguinte, ela cozinhou para ele. Quando o fim de semana chegou, haviam se tornado grandes amigos. Conversavam animadamente pela manhã, durante o café com leite, e ele discutia política com ela e lhe explicava o que acontecera na França. Falou-lhe sobre as pessoas que conhecia, seus melhores amigos, perguntou-lhe extensamente sobre sua família e, de vez em quando, relembrava sua mulher e seu filho falecidos. Disse-lhe que trabalhara para um Banco e atualmente fazia consultorias, o que lhe dava bastante tempo livre. Trabalhara tão duramente por tantos anos e ficara tão devastado com a perda da mulher e do filho que finalmente desfrutava uma trégua da correria do dia a dia por algum tempo. Tudo parecia muito sensato a Marie-Ange.

Quando completou uma semana, resolveu telefonar para Billy, apenas para dizer-lhe onde estava. Ligou da cabine telefônica porque não queria fazer uma chamada de longa distância no telefone de Bernard.

– Imagine onde estou! – exclamou, com uma risada entusiasmada, assim que Billy atendeu.

– Deixe-me adivinhar. Paris. Na Sorbonne. – Ele ainda tinha esperanças de que ela voltasse para terminar a faculdade em Iowa e sentiu uma pontada de decepção ao pensar que ela pudesse ter se matriculado na Sorbonne.

– Melhor do que isso! Tente outra vez. – Adorava provocá-lo e, desde que partira, sentia falta de conversar com ele.

– Desisto – disse ele, sem opor resistência.

– Estou em Marmouton. Hospedada no *château*.

– Foi transformado em hotel? – Pareceu feliz por ela e havia muito não a ouvia tão alegre e entusiasmada. Parecia descansada e satisfeita, em paz com suas lembranças. Estava contente por ela ter finalmente ido a Marmouton.

– Não, ainda é uma propriedade particular. Há um sujeito incrivelmente gentil morando lá, e ele me deixou ficar.

– Ele tem uma família? – Billy pareceu preocupado, e ela riu do tom de sua voz.

– Tinha. Perdeu a mulher e o filho em um incêndio.

– Há pouco tempo?

– Há dez anos – confidenciou ela. Sabia que nada tinha a temer quanto a Bernard. Ele demonstrara ser digno de confiança desde que ela chegara, e confiava nele como um amigo. Mas era difícil explicar isso a Billy pelo telefone. Era simplesmente algo que sentia, e confiava em seus instintos a respeito daquele homem.

– Que idade ele tem?

– Quarenta – disse ela, como se ele tivesse 100 anos. Na verdade, comparado a ela, realmente tinha.

– Marie-Ange, isso é perigoso – Billy advertiu-a sensatamente. – Está vivendo sozinha no *château* com um viúvo de 40 anos? O que está realmente acontecendo?

– Somos amigos. Estou ajudando-o a reformar a casa da maneira como eu a conhecia.

– Por que não pode ficar hospedada em um hotel?

– Porque prefiro ficar no *château*, e ele quer que eu fique. Diz que lhe economizará muito tempo.

– Acho que você está se arriscando muito – disse Billy, parecendo preocupado. – E se ele a atacar ou tentar se aproveitar de você? Está sozinha com ele.

– Ele não fará isso. E receberá amigos no fim de semana. – Por um lado, ele estava contente por ela, mas, por outro, Billy achava que estava sendo muito tola em confiar num estranho. No entanto, quanto mais falava, mais ela ria, e, de repente, estava soando muito francesa.

– Tenha cuidado, pelo amor de Deus. Você nem o conhece; sabe apenas que está morando na sua antiga casa. Não é suficiente.

– É um homem muito respeitável. – Não hesitou em defender Bernard.

– Não existe isso – disse Billy, desconfiado, mas ela parecia feliz, independente e muito satisfeita por estar de volta à sua antiga casa. Ficou evidente para ambos, pelo que ela dizia e tão obviamente sentia, que ainda era a sua casa. Em seguida, contou-lhe a respeito das cartas de Sophie e ele disse que não estava surpreso. Era exatamente o tipo de atitude que se podia esperar de sua tia Carole. – De qualquer modo, tenha cuidado e me dê notícias.

– Darei, mas não se preocupe comigo, Billy. Estou bem. – E ele podia perceber que realmente estava. – Sinto sua falta. – Era verdade e ele também sentia a falta dela. E, agora, mais do que nunca, estava preocupado.

Marie-Ange voltou ao *château* e, naquela noite, ela e Bernard saíram outra vez. Na manhã seguinte, seus amigos chegaram. Formavam um grupo animado; as mulheres eram elegantes e bem-educadas, todos vestiam-se muito bem e foram extremamente gentis com Marie-Ange. Bernard explicou quem ela era e que ela e sua família viveram no *château* quando ela era criança. Um deles reconheceu seu nome e ouvira falar da empresa de seu pai. Comentou que John Hawkins fora um homem extremamente respeitado e bem-sucedido. Ela contara a Bernard como seus pais se conheceram e ele ficara comovido, mas ainda mais impressionado com o que seu amigo disse a respeito do sucesso de seu pai na exportação de vinhos. Ela percebeu que os homens estavam mais interessados em negócios que em romance.

Foi um fim de semana idílico para todos eles e, quando arrumou suas malas, Bernard suplicou-lhe que não fosse embora. No entanto, ela sabia que ficara tempo demais e já lhe dissera tudo o que sabia sobre o *château*. Certamente, estava na hora de partir e queria visitar a Sorbonne, mas guardaria com carinho a lembrança daqueles dez dias que passara em Marmouton com ele. Agradeceu-lhe profusamente antes de ir embora e se enterneceu quando ele a beijou na face e lhe disse como estava triste por vê-la partir.

Voltou a Paris naquele dia e jantou sozinha no hotel, pensando nele e nos dias que passara naquele que um dia fora o *château* de sua família. Fora um presente inestimável que Bernard lhe dera e sentia-se profundamente grata. No dia seguinte, escreveu-lhe um longo bilhete de agradecimento, sentada no Deux Magots. À noite, colocou-o no correio. Pela manhã, foi à Sorbonne para informar-se sobre os cursos. Ainda não se decidira entre se matricular ou voltar para Iowa, para terminar o último ano da faculdade. Pensava seriamente nisso enquanto caminhava pelo Boulevard Saint-Germain naquela tarde, tentando decidir o que fazer, quando, no caminho para o hotel, encontrou Bernard de Beauchamp.

– O que está fazendo aqui? – perguntou, surpresa. – Pensei que ficaria em Marmouton.

– É verdade – disse, timidamente. – Vim a Paris para vê-la. O lugar parecia um túmulo depois que você foi embora. – Ela ficou comovida e lisonjeada pelo que ele disse, e presumiu que ele tivesse outras coisas a fazer na cidade, mas estava tão feliz em vê-lo quanto ele.

Ele levou-a ao Louis Carton para jantar e ao Chez Laurent, no dia seguinte, para almoçar. Ela contou-lhe tudo sobre sua visita à Sorbonne. Ele suplicou-lhe que voltasse a Marmouton com ele, ao menos por alguns dias, e após resistir o quanto achou razoável, ela finalmente fez as malas e voltou. Havia devolvido o carro alugado e voltou a Marmouton com Bernard. Estava admirada diante do quanto apreciava a companhia dele e do quanto sempre havia para conversar. Nunca se entediavam quando estavam juntos e, quando chegaram a Marmouton, ela sentiu como se houvesse voltado para casa.

Na segunda vez, ficou por uma semana e, a cada dia, sentiam-se mais à vontade na presença um do outro enquanto passeavam nos bosques e passavam horas andando pela propriedade.

Estava quase no fim do mês quando ela finalmente voltou para seu hotel em Paris. Ele voltou para sua casa na cidade após alguns dias, e foi visitá-la no hotel. Estavam sempre juntos, nas refeições e em longos passeios no Bois de Boulogne. Sentia-se mais à vontade com ele do que havia muito tempo se sentira com qualquer outra pessoa. Fora Billy, em Iowa, Bernard tornara-se seu único amigo. Seu único problema era resolver o que faria em relação à Sorbonne. Não conseguia se decidir. Não sabia se deveria retornar a Iowa ou permanecer na França.

Estavam sentados nas Tulherias quando ela tocou no assunto.

– Eu tenho uma ideia melhor sobre o que você deveria fazer antes de se decidir – disse ele, enigmaticamente. Ela não tinha a menor ideia do que ele sugeriria e ficou admirada quando ele sugeriu que ela fosse a Londres com ele. Tinha negócios a tratar naquela cidade. – Podemos ir ao teatro, jantar no Harry's Bar, dançar no Annabel's. Marie-Ange, será bom para você. Depois, podemos passar o fim de semana em Marmouton e, então, você decidirá o que fazer.

Era como se repentinamente houvesse sido arrebatada para a vida dele. Mas não havia nenhum romance entre eles, eram apenas amigos.

Finalmente, sentindo-se perfeitamente à vontade na companhia dele, seguiu para Londres. Hospedaram-se em quartos separados no Claridge's e saíam todas as noites. Ela adorou as pessoas que conheceram e as peças de teatro às quais ele a levou. Procuraram antiguidades para Marmouton e foram a um leilão na Sotheby's. Divertiu-se imensamente com Bernard, mas não telefonou para Billy para dizer onde estava. Tinha certeza de que ele não entenderia. Até ela sabia que era um estilo de vida um pouco *jet-set*, e provavelmente uma loucura, mas ela não tinha outros compromissos, e o comportamento de Bernard era irrepreensível. Ele nunca fizera nenhuma investida e obviamente a respeitava. Não passavam de amigos até a noite em que dançaram no Annabel's. Após dançar com ela naquela noite, ele inclinou-se delicadamente e beijou-a nos lábios enquanto ela erguia os olhos para ele, imaginando o que aquilo significaria. Gostaria de poder discutir o que acontecera com alguém, mas não havia ninguém com quem pudesse falar a respeito de Bernard. Não poderia telefonar para Billy e consultá-lo.

Entretanto, Bernard explicou-lhe tudo quando retornaram a Marmouton para o fim de semana. Ela pôde sentir algo diferente dessa vez, enquanto caminhavam de mãos dadas pelos bosques.

– Marie-Ange, estou me apaixonando por você – disse ele serenamente, com ar de preocupação. – Isso nunca me aconteceu desde que perdi minha mulher e não quero que ninguém saia ferido. – Enquanto olhava para ele, seu coração enterneceu-se e compreendeu que se tornavam mais do que simplesmente "amigos". – Parece uma loucura para você? Que pudesse acontecer tão depressa? – perguntou-lhe, com um olhar aflito. – Sou tão mais velho que você. Não tenho nenhum direito de atraí-la para minha vida, particularmente se você desejar retornar aos Estados Unidos, mas tudo o que quero é estar com você. Como se sente a esse respeito?

– Muito comovida – respondeu ela, cautelosamente. – Nunca imaginei que se sentiria assim, Bernard. – Ele era tão sofisticado, e tão atraente que ficou lisonjeada de pensar que estivesse se apaixonando por ela, e percebeu que começava a sentir muito mais por ele também. Nunca pensara nisso antes, porque estava convencida de que eram apenas bons amigos. Entretanto, ele não só abrira seu coração para ela, como abrira sua casa. Ela impusera a sua presença, permanecendo no *château* com ele, e agora tudo o que queria era estar ao seu lado. Não podia deixar de pensar se aquela seria a vida, e o homem, aos quais estava destinada.

– O que vamos fazer a esse respeito, meu amor? – perguntou-lhe ele, com tanta ternura nos olhos que, quando ele a beijou sob a árvore onde ela brincara quando criança, não ficou surpresa.

– Não sei. Nunca estive apaixonada antes – admitiu. Era virgem não somente tecnicamente como emocionalmente. Nunca houvera um amor sério em sua vida e repentinamente tudo era novo e fascinante para ela, como o próprio Bernard.

– Talvez devêssemos nos conceder um pouco mais de tempo – disse ele, sensatamente. Entretanto, daquele momento em diante, a sensatez parecia-lhes impossível.

Permaneceram em Marmouton por mais tempo do que haviam planejado; ele levava-lhe flores, pequenos presentes atenciosos, beijavam-se com frequência e Bernard estava tão apaixonado que Marie-Ange também foi arrebatada por seus sentimentos por ele. Finalmente, fizeram amor pela primeira vez, em novembro, pouco mais de um mês após se conhecerem. Depois, enquanto aninhavam-se nos braços um do outro, ele disse todas as coisas que ela nunca ousara sonhar ouvir de um homem.

– Quero me casar com você – murmurou ele –, quero ter filhos com você. Quero estar com você todo o tempo que tivermos. – Disse-lhe que, tendo perdido a mulher e o filho, sabia o quanto a vida podia ser efêmera e, não queria perder sequer mais um único instante. Marie-Ange nunca se sentira tão feliz em toda a sua vida. – Isso não fica bem, Marie-Ange – queixou-se ele, finalmente. Estava preocupado com ela. – Sou um homem de 40 anos, você ainda é muito jovem. Não gosto do tipo de coisas que as pessoas falarão sobre você se descobrirem que estamos tendo um caso. Não é justo com você. – Parecia perturbado, e ela quase entrou em pânico, achando que ele estava terminando o namoro. No entanto, ele esclareceu a situação imediatamente, para seu alívio. – Você não tem uma família que lhe dê respeitabilidade. Está completamente em minhas mãos, e sozinha no mundo.

– Acho que estar "em suas mãos" é muito bom – provocou ela.

– Bem, eu não acho. Se tivesse uma família para protegê-la, seria diferente, mas não tem.

– Então, o que sugere? Quer me adotar? – Ela sorria, tendo compreendido que ele não estava terminando o romance. Adorava o modo como ele se preocupava com ela e queria protegê-la. Nunca alguém fizera isso antes, exceto Billy, que era apenas um garoto. Bernard era um homem de verdade. Tinha idade para ser seu pai e, às vezes, agia como se fosse. Mas, tendo perdido os pais com tão pouca idade, ela adorava a proteção que ele oferecia e sua evidente preocupação. Estava totalmente apaixonada por ele.

– Não quero adotá-la, Marie-Ange – disse ele, solenemente, quase com reverência, enquanto ela tomava a mão dele nas suas. – Quero me casar com você. Acho que não deveríamos esperar muito mais. Não nos conhecemos há muito tempo, mas nos conhecemos melhor que a maioria das pessoas que se casam após cinco anos de relacionamentos. Não temos segredos, estamos juntos praticamente desde o instante em que nos conhecemos. Marie-Ange – olhou-a com ternura –, eu a amo mais do que já amei qualquer outra pessoa na vida.

– Eu também o amo, Bernard – disse ela suavemente, admirada com o que ele propunha. Tudo acontecera tão rapidamente, mas parecia tão perfeito para ela também. Já não conseguia mais pensar na Sorbonne, apenas em Bernard e em retornar ao *château* e ter uma família. Ele estava lhe oferecendo uma vida que parecia um sonho.

– Vamos nos casar esta semana. Aqui, em Marmouton. Podemos nos casar na capela e começar nossa vida juntos. Será um recomeço para nós. – Um recomeço que ambos desejavam mais que qualquer outra coisa ou pessoa. – Você aceita?

– Eu... Sim... Aceito. – Abraçou-a por um longo tempo e voltaram para casa de mãos dadas. Fizeram amor por horas naquela tarde. Ele chamou o padre e fez os preparativos para o dia seguinte. Em seguida, ela ligou para Billy. A princípio, não tinha a menor ideia do que lhe dizer e, por fim, falou de uma vez, abruptamente. Estava preocupada em não magoá-lo, embora sempre o houvesse desencorajado sobre alimentar pensamentos românticos a seu respeito. No entanto, sabia o quanto ele gostava dela.

– Você vai fazer *o quê*? – exclamou Billy, incrédulo. – Pensei que fossem apenas amigos. – Parecia horrorizado com o que ela lhe contara e acusou-a de ter perdido o juízo desde que chegara à França. Nunca agira impulsivamente, mas estava loucamente apaixonada por Bernard e ele representava uma força poderosa em sua vida, um homem com paixão e determinação, além de uma atitude convincente. Arrebatara Marie-Ange completamente em um curto espaço de tempo.

– Éramos apenas amigos, mas as coisas mudaram – disse ela, num fio de voz. Não esperava que ele ficasse tão transtornado.

– Mudam, mesmo. Escute, Marie-Ange, espere algum tempo para ver se isso é para valer. Você acabou de chegar, foi uma grande emoção para você voltar ao *château*. Tudo isso pode influenciar você. – Ele falava em tom de súplica.

– Não, não influenciou – insistiu ela. – É ele.

Não quis perguntar-lhe se estava dormindo com ele, imaginara que sim. Ela recusava-se a dar-lhe ouvidos. Estava aflito de preocupação quando desligou o telefone, mas sabia que não havia nada que pudesse fazer. Ela se casaria com alguém totalmente estranho, Billy pensou, em grande parte porque ele morava no *château* de seu pai. E mais, era um conde. Sentiu-se totalmente impotente em relação a mudar sua decisão.

– Quem era? – perguntou-lhe Bernard quando desligou telefone.

– Meu melhor amigo, em Iowa. – Sorriu-lhe. – Acha que fiquei maluca. – Lamentava perturbar Billy, mas tinha absoluta certeza quanto a Bernard, seu amor por ela e dela por ele.

– Eu também acho. – Bernard sorriu. – Deve ser contagioso.

– O que o padre disse? – perguntou ela, calmamente. Não estava preocupada com o que Billy dissera. Ele não confiava em Bernard, era compreensível, e só o tempo provaria que estava errado. Porém, quis que ele soubesse que ela e Bernard se casariam. Afinal, ele era seu melhor amigo, como um irmão. Quando desligavam, Billy dissera-lhe para ligar se recobrasse o juízo, ou mesmo se não o fizesse. Prometeu que ele seria sempre seu amigo e que ela sempre poderia contar com ele. No entanto, por mais que o amasse, agora ela precisava menos dele. Fora completamente absorvida pelo mundo inebriante de Bernard e não podia deixar de imaginar o que seus amigos pensariam, mas ele não parecia se importar. Ambos tinham absoluta certeza de que estavam fazendo o que deveria ser feito.

– O padre disse que a cerimônia civil será na *mairie*, em dois dias, na sexta-feira, e ele nos casará na capela aqui no dia seguinte. Ele publicará os proclamas hoje e reduzirá um pouco o tempo de espera. O que lhe parece, *Madame la Comtesse*? – Ela nem havia pensado nisso. Seria uma condessa. Era realmente como um conto de fadas. Havia quatro meses, era uma escrava de tia Carole; três meses antes, tornara-se a herdeira de uma enorme fortuna; e agora estava se casando com um conde que a adorava e a quem ela adorava, além de estar retornando para a casa de sua família em Marmouton. Sua cabeça girava ao pensar nisso e ainda estava girando quando foram juntos à *mairie*, dois dias depois, para o casamento civil. No dia seguinte, na capela de sua propriedade, casaram-se aos olhos de Deus. Madame Fournier e Alain foram suas testemunhas, e a velha senhora chorou durante toda a cerimônia, agradecendo a Deus por Marie-Ange retornar para casa.

– Eu a amo, querida – Bernard disse ao se beijarem depois da cerimônia, e o padre sorriu. Formavam um belo casal: o conde e a condessa de Beauchamp.

Quando o padre e os Fournier os deixaram, depois de brindarem com champanhe, Bernard carregou-a nos braços e levou-a para a suíte de hóspedes que ele usava como quarto no *château*. Colocou-a gentilmente na cama, com o lindo vestido de seda branca que ela usava. Passou a mão pelos seus longos cabelos louros e beijou-a novamente.

– Eu a adoro – murmurou. Marie-Ange beijou-o, mal podendo acreditar em tudo o que lhe acontecera ou no quanto estava feliz. Delicadamente, ele tirou seu vestido, enquanto tirava suas próprias roupas, e, quando fizeram amor naquela noite, tudo o que ele esperava é que a fizesse feliz e que ela concebesse um filho seu.

9

O primeiro Natal juntos no *château* foi abençoado. Bernard estava tão obviamente apaixonado por ela que as pessoas sorriam quando os viam juntos. Estar de volta no *château* durante o Natal mais uma vez trouxe inúmeras lembranças para ela, algumas belas e outras finalmente menos dolorosas, porque ele estava com ela. Telefonou para Billy, em Iowa, na véspera do Natal e ele ficou feliz por ela, mas ainda preocupado porque ela não conhecia o marido suficientemente bem e agira muito impulsivamente em relação ao casamento. Ela procurou tranquilizá-lo da melhor maneira que pôde. Nunca fora tão feliz em toda a sua vida.

– Quem teria imaginado, há um ano, que eu estaria vivendo em Marmouton novamente neste Natal – disse ela, sonhadoramente para Billy e ele sorriu com melancolia, lembrando-se do tempo que passaram juntos. Ele ainda estava recuperando-se do choque de saber que ela estava casada, que não voltaria para Iowa, exceto talvez para uma visita, algum dia. Ele ainda estava com sua namorada Debbi, mas sentia falta de Marie-Ange. Nada era mais como antes.

– Quem teria imaginado há um ano que você se tornaria uma herdeira, e eu estaria dirigindo um Porsche novo. – De certa forma, parecia apropriado, até mesmo para ele, que ela fosse uma condessa. Esperava, pelo bem dela, que Bernard mostrasse ser tudo que ela acreditava que ele era, mas Billy ainda se mostrava cauteloso a respeito dele. Tudo acontecera rápido demais.

A vida continuou no mesmo ritmo acelerado para Bernard e Marie-Ange depois dos feriados. Viajavam sempre para Paris e ficavam no apartamento dele. Era pequeno, mas lindo e repleto de belas antiguidades. Em janeiro, ela descobriu que estava grávida, e Bernard ficou exultante. Sempre falava de sua idade, do quanto queria ter um filho com ela e que ele esperava que fosse um herdeiro do seu título. Queria um filho homem desesperadamente.

Poucos dias após anunciado para ele que o primeiro filho estava a caminho, a reforma de Marmouton começou, e, em poucas semanas, o *château* virou um canteiro de obras. De repente, estavam reformando tudo, o telhado, as paredes, as longas janelas francesas estavam sendo ampliadas, a altura das portas. Ele mandou fazer o projeto de uma cozinha espetacular, uma suíte principal inteiramente nova para eles, um quarto de bebê que ele prometeu-lhe que pareceria um conto de fadas e uma sala de cinema no subsolo. Todo o sistema elétrico foi trocado, juntamente com os encanamentos. Foi uma reforma completa, que ultrapassou em muito o que Marie-Ange imaginara e era fácil de ver que ficaria bastante cara. Ele estava até mesmo plantando incontáveis acres de novos vinhedos e pomares, mas Bernard dizia a Marie-Ange que ele queria que a casa ficasse perfeita para ela. A obra fora projetada pelo seu amigo arquiteto de Paris. Havia dezenas de operários por toda parte.

Bernard também prometeu-lhe que a maior parte do trabalho interno estaria pronto antes que o bebê nascesse em setembro. Quando ligou para Billy outra vez, contou-lhe que estava grávida.

– Você não perdeu tempo mesmo, não é? – comentou, ainda preocupado com ela. Tudo parecia estar acontecendo à velocidade do som e ela disse-lhe que Bernard estava ansioso para iniciar uma família com ela, uma vez que era bem mais velho e perdera seu único filho.

Ela também escreveu para sua tia Carole para contar-lhe as mudanças em sua vida, mas não recebeu resposta. Era como se sua tia-avó houvesse fechado uma porta para ela e continuado sua vida.

Em março, o *château* estava cercado de andaimes, havia operários por toda parte e eles passavam mais tempo em Paris. Embora o apartamento de Bernard fosse pequeno para ambos, era um esplêndido *pied-à-terre*, com grandiosos salões de recepção, pé-direito alto, e belos e antigos *boiseries* e painéis de madeira. Era repleto de antiguidades valiosas, pinturas que herdara da família e carpetes Aubusson. Era realmente um apartamento digno de uma condessa. Entretanto, ambos preferiam Marmouton.

No verão, ele disse-lhe que precisavam afastar-se do *château*, pois a ausência deles permitiria que os operários trabalhassem mais depressa. Ele alugou um palacete em Saint-Jean-Cap-Ferrat e um iate de duzentos pés que vinha com a mansão. Convidou inúmeros amigos para visitá-los.

– Meu Deus, Bernard, como você me mima! – Ela riu quando viu a casa e o iate em Saint-Jean-Cap-Ferrat. Usaram-nos durante o mês de julho e, em agosto, pretendiam estar em Marmouton novamente, porque ela estaria com oito meses de gravidez e queria diminuir o ritmo. Teria o bebê no hospital de Poitiers.

O tempo que passaram no sul da França pareceu-lhe mágico. Saíam, encontravam-se com amigos e o palacete estava sempre cheio de hóspedes vindos de Roma, Munique, Londres e Paris. Todos que os visitavam viam o quanto eram felizes e ficavam encantados com eles.

O tempo que passara com Bernard foram os nove meses mais felizes de sua vida, e ambos estavam empolgados com a chegada do bebê. O quarto do bebê estava pronto quando voltaram a Marmouton, e Bernard contratara uma jovem local como babá. A suntuosa suíte do casal ficou pronta no final de agosto, mas o restante do *château* ainda era uma obra em andamento. Até então, apesar de todo o trabalho que haviam feito, não houve problemas. Tudo estava de acordo com o projeto.

Foi na manhã do dia primeiro de setembro, quando dobrava minúsculas camisas no quarto do bebê, que o empreiteiro local foi procurá-la. Disse que tinha algumas perguntas a lhe fazer sobre o trabalho no encanamento. Bernard mandara instalar fabulosas banheiras de mármore, com jacuzzis, pias enormes e diversas saunas.

No entanto, ficou surpresa quando, no final da conversa com ela, o empreiteiro pareceu relutante em deixar o aposento e parecia constrangido. Ele obviamente tinha algo em mente e, quando ela lhe perguntou explicitamente o que era, ele contou-lhe.

As contas não haviam sido pagas desde que a obra começara, embora o conde lhe tivesse prometido um pagamento em março e outra parcela maior em agosto. Todos os outros fornecedores que trabalhavam para eles passavam o mesmo problema. Ela imaginou se Bernard simplesmente não tivera tempo, ou havia esquecido, enquanto estavam na Riviera. Mas, o que descobriu, quando perguntou ao homem, era que ninguém fora pago desde o começo da obra. Quando ela lhe perguntou se ele tinha uma ideia do valor total que estavam lhes devendo atualmente, ele disse-lhe que não tinha certeza, mas que era bem mais de um milhão de dólares. Ela fitou-o, perplexa, quando ele lhe relatou os números. Nunca pensara em perguntar a Bernard quanto ele estava pagando para reformar o *château*. Quando estivesse terminado, estaria impecável por fora e totalmente modernizado por dentro, mas nunca lhe ocorrera o quanto custaria a ele reformar o *château* para ela.

– Tem certeza? – perguntou Marie-Ange ao empreiteiro, incrédula. – Não pode ser tanto assim. – Como poderia?

Como poderia custar tanto assim reformar o *château*? Ficou envergonhada por Bernard planejar gastar tanto com a reforma e sentiu-se culpada por todas as mudanças que aprovara. Prometeu ao empreiteiro discutir o assunto com seu marido naquela noite, quando ele voltasse de uma viagem de negócios a Paris. Ele não havia realmente trabalhado no ano que passara, embora fosse a Paris para reuniões diversas vezes por mês, mas ela sabia que era para se reunir com seus assessores e discutir seus investimentos. Ele dissera-lhe que não desejava voltar a trabalhar no Banco; queria passar todo o tempo com ela e concentrar-se na obra. No outono, ele queria passar mais tempo com ela e o bebê, e ela sentia-se lisonjeada e satisfeita por ele querer isso.

Naquela noite, quando ele chegou em casa, ela mencionou o encontro com o empreiteiro, sentindo-se constrangida de incomodá-lo com o assunto. Disse simplesmente que alguns dos fornecedores não haviam sido pagos e ela imaginava se a secretária dele em Paris teria se esquecido de fazer os pagamentos. Para grande alívio seu, Bernard não pareceu preocupado. Ela disse-lhe, ainda, o quanto lamentava que a reforma lhe custasse tão caro.

– Vale cada centavo, meu amor – disse ele, com uma ternura e uma tranquilidade que a comoveu profundamente. Ele não lhe negava nada. Na realidade, constantemente a mimava com pequenos e grandes presentes. Comprara um belo Jaguar para ela, em junho, e para ele um Bentley zero quilômetro. Disse-lhe que estava à espera de que alguns investimentos fossem liberados para pagar uma grande quantia ao empreiteiro. Contara-lhe que investira pesadamente em petróleo no Oriente Médio e que tinha outras ações em diversos países – e não queria perder dinheiro vendendo-as enquanto diferentes mercados internacionais flutuavam.

Pareceu perfeitamente sensato a Marie-Ange, como pareceria a qualquer outra pessoa, presumiu. Realmente, disse ele, com um olhar de leve constrangimento, andara pensando em pedir-lhe para usar alguns dos seus fundos temporariamente, uma vez que tudo o que ela possuía era praticamente líquido e ele a reembolsaria quando alguns do investimentos dele vencessem, no começo de outubro. Era questão de um mês ou seis semanas, mas satisfaria seus credores, e Marie-Ange não viu nenhum problema nisso. Disse-lhe para fazer o que quisesse para resolver a questão, que confiava inteiramente nele. Ele disse que trataria do assunto com o Banco dela e a levaria para assinar os papéis da transferência, mas ela continuou sentindo-se culpada pelo que a reforma custaria a ele, no final das contas, e ofereceu-se para modificar algumas partes do projeto, a fim de torná-lo menos dispendioso.

– Não preocupe sua linda cabecinha com isso, meu amor. Quero que tudo seja perfeito para você. Tudo em que você deve pensar é no bebê. – Foi o que ela fez nas duas semanas seguintes. Afastou completamente de sua mente a questão das contas a pagar, especialmente depois que ele a fez assinar os documentos para a transferência de sua conta para a dele. O empreiteiro afirmou-lhe na semana seguinte que todos estavam satisfeitos. Nem sequer se preocupou com o fato de haver adiantado 1,5 milhão de dólares para cobrir as despesas, porque Bernard logo a reembolsaria. Ainda se admirava por falar em de quantias tão elevadas, e ela garantiu ao diretor do departamento de *trust* do Banco, quando ele a questionou, que se tratava apenas de uma transferência temporária.

Passou as duas semanas seguintes fazendo longos passeios com Bernard nos bosques que tanto amava e saindo para jantar com ele. Tudo no *château* estava pronto para o bebê, embora o restante do trabalho ainda continuasse.

O bebê chegou na data prevista, tarde da noite, e Bernard levou-a a Poitiers quando as dores aumentaram. Ele a levou para o hospital em grande estilo, como uma rainha, em seu novo Bentley. Ficou contente quando o parto foi rápido e fácil, e o bebê, uma menina, era linda e saudável. Ela era o retrato da mãe. Deram-lhe o nome de Heloise, Heloise Françoise Hawkins de Beauchamp, e levaram-na para casa dois dias depois.

Marie-Ange apaixonou-se por ela instantaneamente, e Bernard fez um grande alvoroço em torno da mãe e da filha. Havia champanhe e caviar quando chegaram em casa e um espetacular bracelete de diamantes para Marie-Ange, por ter sido tão corajosa, ele disse, e porque estava muito orgulhoso dela. Porém, não deixou de dizer-lhe que esperava que Heloise logo tivesse um irmãozinho. Ele ainda queria um filho, desesperadamente, um herdeiro de seu título de nobreza, e embora nunca lhe houvesse dito isso, Marie-Ange tinha a persistente sensação de haver fracassado.

Quando Heloise completou um mês, o empreiteiro procurou Marie-Ange e disse-lhe que as contas não haviam sido pagas nas últimas seis semanas e tinham se acumulado outra vez. Dessa vez, o valor era de aproximadamente 250 mil dólares.

Sua solicitação fez Marie-Ange lembrar-se de que os investimentos de Bernard estavam prestes a vencer e mencionou-lhe isso, de forma hesitante, mas sem nenhuma dúvida de que ele pagaria a continuação da obra em Marmouton, cujo término estava previsto para antes do Natal. Bernard assegurou-lhe de que não havia nenhum problema, embora o vencimento de seus investimentos houvesse sido estendido novamente e ele precisasse que ela cobrisse as contas apenas mais dessa vez, mas lhe pagaria tudo em novembro. Ela explicou a situação para o Banco, como fizera antes, e, no dia seguinte, fez a transferência. Até então, ela já havia pagado quase 2 milhões de dólares, mas o Château de Marmouton nunca estivera melhor.

Quando Heloise completou seis semanas, Marie-Ange quis surpreender Bernard visitando-o em Paris. Porém, quando chegou ao apartamento, ele não estava ali, e a mulher que fazia a limpeza explicou que ele estava na rue de Varenne, fiscalizando os operários.

– Que operários? O que há na rue de Varenne? – Marie-Ange ficou sobressaltada, e a mulher pareceu preocupada. Disse que talvez fosse uma surpresa para Marie-Ange e que tinham começado a construção havia apenas uma semana. Sugeriu que Marie-Ange não dissesse nada ao marido sobre o assunto, mas ela não pôde resistir a passar pelo endereço e ver o que havia ali. O que ela viu quando passou pelo endereço, com o bebê no carro com ela, foi um enorme *hôtel particulier* do século XVIII, com estábulos, um enorme jardim e um pátio. Bernard estava parado na frente do prédio, com o arquiteto e um monte de rolos de projetos. Antes que pudesse se afastar, eles a viram.

– Então, você descobriu – disse ele, com um largo sorriso. – Eu lhe faria uma surpresa com os projetos no Natal. – Ele parecia orgulhoso, não decepcionado, por ela haver descoberto. Marie-Ange estava perplexa.

– O que é isso? – perguntou, confusa, enquanto o bebê começava a chorar no banco de trás. Era hora de amamentá-lo.

– Sua casa em Paris, meu amor – disse ele, ternamente, beijando-a. – Entre e dê uma olhada, já que está aqui. – Era a casa mais linda que ela já vira, e muito grande, mas era óbvio que havia anos não era habitada e a manutenção fora muito precária. – Comprei-a por uma ninharia.

– Bernard – murmurou ela, espantada –, podemos arcar com essa despesa?

– Acho que sim – disse ele, confiante. – Não acha? Eu diria que é a residência urbana adequada para o conde e a condessa de Beauchamp. – Para Marie-Ange, parecia que Maria Antonieta vivera ali. Enquanto Bernard a guiava pelos aposentos, disse que havia até a possibilidade de haver pertencido a um dos primeiros condes de Beauchamp. Era puro destino que a houvessem encontrado.

– Quando a comprou?

– Pouco antes do nascimento do bebê – admitiu, com um sorriso infantil. – Queria lhe fazer uma surpresa. – Entretanto, o que a preocupava é que a obra em Marmouton não estava terminada, nem paga. Bernard, porém, não parecia temer os gastos. Presumiu que ele tivesse mais do que suficiente para aquelas despesas, embora nenhum de seus bens fossem líquidos.

Passaram a noite no apartamento em Paris, ele mostrou-se atencioso e sedutor e, no final da noite, quase a convencera de que seria um bom lugar para ele trabalhar quando viesse à cidade e para receber amigos que não quisessem viajar a Marmouton para vê-los.

– E podemos dividir nosso tempo entre os dois lugares – disse ele, com orgulho. A casa na rue de Varenne era tão elegante, ressaltou, que possuía até um salão de baile. Todavia, Marie-Ange ainda estava apreensiva quando viajaram de volta ao *château*, na manhã seguinte.

– Podemos realmente arcar com tudo isso? – perguntou Marie-Ange, preocupada. Pela primeira vez, tinha a sensação de que estavam gastando demais.

– Acho que sim. E nosso pequeno sistema parece funcionar perfeitamente, com você me adiantando pequenas quantias para driblar as contas menores e eu tendo tempo para cuidar de nossos investimentos corretamente. – O único problema era que os investimentos eram dele, e as "pequenas quantias" que lhe adiantara totalizavam quase 2 milhões de dólares. Entretanto, só podia imaginar que ele soubesse o que fazia e confiava inteiramente nele.

No Natal, o *château* estava quase pronto. O melhor presente que lhe deu naquele ano foi contar-lhe, na noite de Natal, que estava grávida novamente e que esperava que fosse um menino, para que ele não ficasse decepcionado.

– Nada que você faça pode me decepcionar – disse ele, generosamente. Contudo, ambos sabiam que ele queria um menino desesperadamente. Heloise estava com três meses e meio de gravidez e o novo bebê nasceria em agosto; haveria uma diferença de onze meses entre os dois. Como sempre, tudo estava acontecendo à velocidade da luz entre eles. Não ligou para Billy para contar-lhe a novidade; enviou-lhe uma carta com o cartão de Natal. Agora, somente lhe telefonava a cada um ou dois meses. Estava tão absorvida em sua vida com Bernard que mal tinha tempo para pensar em qualquer outra coisa, exceto no bebê.

No entanto, em janeiro, quando Marie-Ange fez uma grande transferência de seu Banco para o de Bernard outra vez, o diretor do departamento de *trust* do Banco telefonou-lhe.

– Está tudo bem, Marie-Ange? Você está usando seu dinheiro como água. – Sem dúvida, havia o suficiente para não se preocupar excessivamente, mas, com a última transferência, para pagar a obra em Paris, ela já havia gasto mais de 2 milhões de dólares. Ainda tinha quase 1,5 milhão disponível, até fazer 25 anos e herdar a parcela seguinte, mas o diretor estava preocupado. Ela explicou-lhe o sistema que ela e Bernard tinham, em que ela adiantava o dinheiro para as despesas e ele a reembolsava no momento certo para seus investimentos.

– E quando será isso? – O diretor quis saber exatamente.

– Logo – assegurou-lhe ela. – Ele pagará as obras em ambas as casas. – Ele nunca lhe dissera exatamente isso, mas certamente deixara implícito e ela sentiu-se segura em tranquilizar o administrador de seus bens.

No entanto, na semana seguinte, Bernard explicou-lhe que havia uma crise de petróleo no Oriente Médio e que ele perderia enormes somas se tentasse transformar suas aplicações em dinheiro vivo. Seria muito mais prudente manter os investimento e, por fim, isso lhes renderia um grande lucro. Mas isso também significava que ela precisava fazer um depósito de um milhão de dólares imediatamente, para o que deviam pela casa em Paris. Assegurou-lhe que haviam arrematado a casa por um preço ínfimo e tinham três anos para pagar ao antigo proprietário os restantes 2 milhões de dólares. Até então, acrescentou, ela já teria recebido a nova parcela de sua herança.

– Só recebo a nova parcela quando completar 25 anos – disse a Bernard, com ar de preocupação. Era um pouco assustador para ela ser a financiadora, de antemão, para ele, especialmente na escala em que ele estava acostumado. Entretanto, ele beijou-a, sorriu para ela e disse que uma das coisas que amava nela era sua inocência.

– As regras de fundos como o seu, meu amor, podem ser facilmente modificadas. Você é uma mulher casada responsável, com um filho e outro a caminho. O que estamos fazendo é um investimento sensato, não estamos jogando em Monte Carlo. Os curadores serão razoáveis. Eles podem sacar do fundo para você ou adiantar-lhe dinheiro por conta da próxima parcela. Na verdade, diretamente ou não, o valor total do legado está disponível para você. Aliás, de quanto é mesmo? – Ele perguntou despreocupadamente, e Marie-Ange não hesitou em contar-lhe.

– Um pouco mais de 10 milhões de dólares no total.

– É uma bela quantia – disse ele, sem parecer impressionado, e era fácil deduzir de sua atitude que seus investimentos eram muito maiores, mas ele também era vinte anos mais velho que ela, tivera uma carreira bem-sucedida e vinha de uma família ilustre. Não estava impressionado com o que ela possuía, mas estava contente por ela, por seu pai ter lhe deixado uma quantia respeitável. – Conversaremos com o gerente sobre seu acesso ao fundo quando você quiser. – Ele parecia conhecer muito a respeito desses assuntos e Marie-Ange ficou intrigada com o que ele lhe disse, e menos preocupada.

No final da primavera, ele ainda não a reembolsara, e ela sentiu vergonha de perguntar-lhe, mas, ao menos, ela havia liquidado todas as dívidas em Marmouton e tudo com o que precisava se preocupar era a obra da casa em Paris. Embora o que Bernard planejara fosse sem dúvida grandioso, ele assegurou-lhe que, no final, a casa seria um monumento histórico e um legado permanente para os filhos deles. Nesses termos, era difícil negar-lhe alguma coisa, e ela não o fez.

Passaram o mês de julho no sul da França outra vez, com um iate ainda maior e o habitual exército de amigos visitando-os, mas Marie-Ange não se sentia tão bem quanto da primeira gravidez. Viajavam com frequência, entre Paris e o *château*, supervisionando a obra de proporções hercúleas que faziam em Paris, e Bernard a levara a uma festa em Veneza, na semana anterior à partida para o sul da França. Sentia-se cansada quando finalmente chegaram a Marmouton. Fazia calor e ela mal podia esperar que o bebê nascesse. Este parecia bem maior do que o primeiro.

Finalmente, o bebê nasceu, uma semana depois do esperado, quando ela e Bernard passavam um final de semana tranquilo no *château*. Ela enfim conseguiu realizar o sonho dele.

O bebê era um menino e, embora não lhe houvesse dito isso, esperava que o compensasse pela perda de seu filho. Bernard estava maravilhado com o bebê, e ainda mais com ela. Deram-lhe o nome de seu irmão, Robert.

Marie-Ange recuperou-se mais devagar dessa vez; o parto fora difícil, porque o bebê era maior do que Heloise fora ao nascer, mas, em meados de setembro, ela estava de volta a Paris com Bernard, supervisionando a obra da casa na rue de Varenne. Não falara nada sobre o assunto com Bernard, mas ele nunca reembolsara nem um centavo das quantias que ela lhe adiantara. Dera a ele todo o dinheiro que estava disponível para ela no fundo, e as contas continuavam a chegar implacavelmente. Presumiu que, por fim, Bernard cuidaria delas, juntamente com o dinheiro do fundo que lhe devia.

Estava em Paris, na casa nova, com os dois filhos, quando o arquiteto surpreendeu-a com o que disse. Bernard dissera-lhe, categoricamente, que não comprara nada para a casa, somente o faria quando pagassem as contas atuais. No entanto, o arquiteto mencionou-lhe que havia um depósito alugado perto de Les Halles, que Bernard estava enchendo com as coisas que não parava de comprar, na maioria quadros e antiguidades de valor incalculável. Questionou Bernard sobre isso, à noite, e ele negou, dizendo que não podia imaginar por que o arquiteto afirmara uma coisa como essa. No entanto, quando ela verificou os arquivos no dia seguinte, depois que Bernard saiu, descobriu uma pasta repleta de contas de galerias de arte e antiquários. Continha outro milhão de dólares em contas a pagar. Ainda tinha a pasta nas mãos quanto o telefone tocou. Billy estava lhe telefonando para dar-lhe os parabéns pelo nascimento de Robert.

– Como vão as coisas por aí? – perguntou ele, parecendo feliz. – Ele ainda é o Príncipe Encantado? – ironizou. Ela insistiu que sim, mas estava perturbada com a pasta de contas que tinha nas mãos. O que mais a perturbava era o fato de que ele mentira para ela e, no topo do arquivo, estava o endereço do depósito que ele disse que não tinha. Foi a primeira vez que o pegara em uma mentira. Não disse nada a Billy. Não queria ser desleal com Bernard.

Billy disse que soubera que sua tia Carole estava doente e, mais importante, contou a Marie-Ange que se casaria. Sua noiva era a mesma garota que namorava quando Marie-Ange partiu, e ela ficou feliz por ele. Planejavam se casar no próximo verão.

– Bem, como você não quis se casar comigo, Marie-Ange – provocou-a –, não tive escolha. – Sua noiva estava terminando a faculdade naquele ano e esperavam se casar após a formatura. Disse a Marie-Ange que esperava que ela comparecesse, e ela respondeu que faria o possível. Porém, estava tão nervosa com a pilha de contas que descobrira que pela primeira vez não sentia prazer em conversar com Billy. Ainda pensava em Billy quando desligou e em como seria maravilhoso vê-lo novamente. Entretanto, por mais que o amasse, tinha sua própria vida, marido e filhos. Tinha muitos afazeres e estava preocupada com a montanha de contas a pagar. Não sabia ao certo como abordar a questão com Bernard e precisava de algum tempo para pensar no assunto. Tinha certeza de que deveria haver alguma explicação para o fato de ter sido desonesto com ela sobre o que mantinha no depósito. Talvez quisesse lhe fazer uma surpresa. Queria acreditar que o motivo tivesse sido bom, e não desejava um confronto com ele.

Ainda não mencionara o assunto com ele quando voltaram a Marmouton na semana seguinte, mas fez uma descoberta que realmente a chocou. Chegara para ele uma nota de compra de um valioso anel de rubis, que fora entregue a alguém em um endereço de Paris. E a mulher que o comprara usava o sobrenome de Bernard. Era a segunda vez em uma semana que Marie-Ange começava a duvidar dele, e estava obcecada com seus próprios medos. Tinha tanto pavor do que aquilo poderia significar, de pensar que ele pudesse estar sendo infiel a ela, que resolveu ir a Paris com seus filhos. Bernard estava em Londres, visitando amigos e cuidando de alguns de seus investimentos, e ela ficou no apartamento enquanto refletia sobre o problema.

Marie-Ange sentiu-se terrivelmente culpada, mas telefonou para o Banco e pediu-lhes para indicar um detetive particular. Sentiu-se uma traidora quando telefonou, mas precisava saber o que Bernard estava fazendo e se a traía. Sem dúvida, tinha oportunidade para fazê-lo, quando estava em Paris ou em qualquer outro lugar, mas sempre tivera certeza de que ele a amava. Imaginou se aquela mulher seria uma namorada e fora descarada o suficiente para usar seu nome e fingir ser casada com ele. Ou, melhor, talvez fosse apenas uma coincidência de sobrenomes; talvez fosse um parente distante e a compra acabara sendo atribuída a Bernard inteiramente por engano. Não sabia em que acreditar ou como acontecera, e não queria se expor pedindo informações à loja. Cortava-lhe o coração duvidar dele, mas considerando a soma de dinheiro que ele vinha gastando e o anel de rubis que ela não conseguia entender, achou que precisava de algumas respostas.

Marie-Ange ainda queria acreditar que houvesse uma explicação aceitável para tudo aquilo. Talvez a mulher que comprara o anel fosse psicótica. Entretanto, qualquer que fosse a explicação para o anel, ainda estava preocupada com o fato de ele haver mentido para ela sobre as peças no depósito. E nada disso resolvia o problema das contas a pagar, que se acumulavam. Ao menos, elas podiam ser quitadas, mas o que ela queria saber é se podia confiar nele. Não queria discutir nada disso com ele enquanto não tivesse mais informações. Se a questão do anel não passasse de um erro inocente e os objetos no depósito fossem uma surpresa para ela, presentes que ele pretendia pagar, ela não o acusaria. Entretanto, se algo diferente viesse à tona nas investigações, ela precisaria confrontar Bernard e ouvir a versão dele da história.

Enquanto isso, ela queria ter a melhor opinião possível a respeito dele, mas sentia um aperto no coração. Sempre confiara nele e se atirara de corpo e alma no casamento. Tiveram dois filhos em menos de dois anos, mas o fato é que ela acabara pagando sozinha a reforma do *château* e da casa na rue de Varenne. No total, gastaram 3 milhões de dólares do dinheiro dela, deviam mais 2 milhões pela casa em Paris e atualmente havia mais de um milhão de dólares em contas a serem saldadas. Era uma soma de dinheiro assombrosa para ser gasta em menos de dois anos. E Bernard ainda não havia colocado um freio em seus gastos.

Quando Marie-Ange entrou no escritório do detetive particular, sentiu o coração esmorecer. Era pequeno, velho e sujo, e o investigador que o Banco lhe indicara parecia desalinhado e pouco amistoso enquanto lançava algumas anotações no caderno e lhe fazia perguntas muito pessoais. Enquanto ouvia a si mesma desenrolando fatos, casas e somas de dinheiro, era fácil perceber por que estava preocupada. No entanto, o fato de gastar dinheiro demais não tornava Bernard um mentiroso. Era a nota de compra do anel de rubis que mais a intrigava e que ela queria averiguar. Por que a mulher que o recebera usava o sobrenome de Bernard? Ele dissera a Marie-Ange que não tinha parentes vivos. Entretanto, por mais preocupada que estivesse, ainda acreditava que havia a possibilidade de uma explicação simples e inocente. Não era impossível que houvesse outra pessoa na França, sem relação com ele, que tivesse o mesmo sobrenome.

– Quer que eu verifique se há outras dívidas? – perguntou o detetive, imaginando que ela queria, e ela assentiu. Havia manifestado suas preocupações com a mulher e o anel. Não podia imaginar que Bernard a traísse, comprasse um presente caro para sua amante e esperasse que Marie-Ange pagasse a conta. Ninguém poderia ser tão insolente ou grosseiro. Certamente, não Bernard. Era sensível, elegante e honesto, Marie-Ange acreditava.

– Acho que, na verdade, não há nenhum problema – falou Marie-Ange, em tom de desculpas por suas suspeitas. – Fiquei preocupada quando encontrei a pilha de contas a pagar e o depósito sobre o qual ele não me falou... E agora o anel... Não sei quem poderia ser a mulher ou por que a conta veio para meu marido. Provavelmente foi um engano.

– Compreendo – disse o detetive, sem emitir opinião. Em seguida, ergueu a cabeça e sorriu. – No seu lugar, eu também estaria preocupado. Trata-se de muito dinheiro para ser esbanjado em dois anos. – Era assombroso e estava admirado por ela ter permitido. Ela era jovem e ingênua, e ele imaginou corretamente que o marido dela era um mestre em falcatruas.

– Bem, claro, tudo isso são investimentos – explicou Marie-Ange. – Nossas casas são maravilhosas, e ambas são históricas. – Dizia a ele exatamente o que seu marido lhe dissera para justificar as despesas e o custo das reformas. Porém temia que houvesse outros fatos que ignorava. Ele somente lhe falara da casa em Paris depois de tê-la comprado e iniciado as obras, e ela não podia deixar de se perguntar o que mais ele escondia dela.

Marie-Ange não estava de modo algum preparada para o que o detetive lhe disse quando lhe telefonou em Marmouton. Perguntou-lhe se queria encontrar-se com ele em Paris, ou se preferia que ele fosse ao *château*. Bernard estava em Paris, e Robert tinha apenas seis semanas de vida, mas estava com um forte resfriado e ela sugeriu que o detetive fosse ao seu encontro.

Ele chegou na manhã seguinte, e ela o recebeu no escritório que Bernard usava quando estava no *château*. Não podia adivinhar nada através da expressão do investigador. Ofereceu-lhe uma xícara de café, mas ele recusou. Queria ir direto ao assunto. Tirou uma pasta da maleta e olhou para Marie-Ange, do outro lado da escrivaninha. De repente, ela teve a estranha sensação de que deveria preparar-se para o que ouviria.

– Tínhamos razão em nos preocupar com as faturas – disse-lhe, sem preâmbulos. – Há mais 600 mil dólares em dívidas, a maioria em quadros e roupas.

– Roupas para quem? – perguntou ela, surpresa e preocupada ao pensar novamente no anel de rubis, mas o detetive rapidamente a tranquilizou.

– Para ele. Ele tem um alfaiate muito caro em Londres e contas a pagar no valor de 100 mil dólares na Hermès. O restante refere-se a objetos de arte e antiguidades, presumo que para as casas. O anel de rubis foi adquirido por uma mulher chamada Louise de Beauchamp. Na realidade, a conta foi para seu marido por engano – disse ele simplesmente, enquanto o rosto de Marie-Ange se iluminava. As faturas poderiam ser quitadas mais cedo ou mais tarde ou, se necessário, os objetos de arte poderiam ser vendidos. No entanto, uma amante teria sido um problema diferente e Marie-Ange ficaria inconsolável. Nem se preocupou com as outras informações que o detetive lhe dera. Já absolvera Bernard e sentia-se envergonhada das suspeitas que tivera sobre ele.

– O interessante sobre Louise Beauchamp, quando a encontrei – continuou o investigador, apesar do amplo sorriso de Marie-Ange e da repentina falta de interesse –, é que seu marido casou-se com ela há sete anos. Presumo que não soubesse disso, ou teria me contado.

– É impossível – disse Marie-Ange, olhando-o estranhamente. – Sua mulher e o filho dele morreram em um incêndio há 12 anos, e seu filho tinha 4 anos. Essa mulher deve estar mentindo. – A menos que ele houvesse tido um rápido casamento depois de perdê-los e nunca houvesse contado a Marie-Ange, mas era improvável que Bernard mentisse, ou assim ela imaginava.

– Não é exatamente assim – continuou o detetive, quase sentindo pena dela. – O filho de Louise de Beauchamp morreu naquele incêndio, mas foi há cinco anos. O garoto não era filho de seu marido, era filho dela, de um casamento anterior. E ela sobreviveu. Foi apenas obra do acaso que ela tenha comprado aquele anel e que ele tenha sido erroneamente colocado na conta de seu marido. Ela me mostrou os documentos para provar o casamento deles e recortes de jornal sobre o incêndio. Ele recebeu o seguro do *château* que foi destruído no incêndio. Foi comprado com economias dela, mas estava no nome dele. Acho que ele usou o dinheiro do seguro para comprar essa propriedade, mas não tinha dinheiro para reformá-lo até você aparecer – disse, sem rodeios, a Marie-Ange. – E nunca mais teve um emprego, desde que ele e Louise se casaram.

– Ele sabe que ela está viva? – perguntou ela, totalmente perplexa. Nem lhe ocorreu que Bernard mentia para ela havia dois anos. Em algum lugar, de algum modo, precisava haver um grande mal-entendido. Bernard jamais mentiria para ela.

– Presumo que ele saiba que ela está viva. Eles se divorciaram.

– Não pode ser. Nós nos casamos na igreja católica.

– Talvez ele tenha subornado o padre – disse o detetive sem subterfúgios. Tinha bem menos ilusões que Marie-

Ange. – Falei pessoalmente com madame de Beauchamp e ela gostaria de encontrar-se com você, se você quiser. Pediu-me para avisá-la para não contar a seu marido, caso queira vê-la. – Entregou a Marie-Ange o telefone dela em Paris, na avenue Foch, um local excelente. – Ela sofreu graves queimaduras no incêndio e tem muitas cicatrizes. Disseram-me que vive mais ou menos como uma reclusa. – O estranho é que nenhum dos amigos de Bernard jamais mencionou algo sobre isso ou sobre o filho que ele perdera. – Tenho a impressão de que ela nunca se recuperou da perda do filho.

– Nem ele – disse Marie-Ange, com os olhos cheios de lágrimas. Agora que tinha filhos, a ideia de perder uma criança parecia-lhe o maior dos pesadelos e teve compaixão da mulher, quem quer que fosse e qualquer que houvesse sido sua ligação com Bernard. Ainda não acreditava na história do detetive e queria ir até o fundo da questão. Alguém estava mentindo, mas certamente não era Bernard.

– Acho que deveria vê-la, condessa. Ela tem muito a dizer a respeito de seu marido e talvez sejam fatos que deva conhecer.

– Como o quê, por exemplo? – perguntou Marie-Ange, parecendo cada vez mais transtornada.

– Ela acha que foi ele quem provocou o incêndio que matou o filho dela. – Não disse a Marie-Ange que Louise de Beauchamp achava que Bernard tentara matá-la também. Ela mesma poderia dizer isso a Marie-Ange, independentemente do que isso valesse. No entanto, o investigador ficara impressionado com ela.

– É algo terrível de se dizer – Marie-Ange parecia indignada. – Talvez ela ache que precisa culpar alguém. Talvez não possa aceitar o fato de que tenha sido um acidente e que o filho tenha morrido. – Entretanto, isso ainda não explicava o fato de que ela estava viva, de que Bernard nunca lhe dissera que o garoto não era realmente seu filho, e de que era divorciado dessa mulher. Sua mente girava num turbilhão, repleta de dúvidas e perguntas. Não sabia se devia se sentir grata ou lamentar que o detetive houvesse descoberto Louise de Beauchamp. Por mais estranho que pudesse parecer, estava aliviada ao menos por ela não ser amante de Bernard. Contudo, não era nada reconfortante pensar que ela acreditava que ele havia assassinado o filho dela. Por que sua história era tão diferente da versão de Bernard? Não tinha nem certeza de que queria encontrá-la e abrir a caixa de Pandora, mas depois que o investigador partiu, Marie-Ange saiu para uma longa caminhada nos pomares, pensando em Louise de Beauchamp e em seu filho.

Era difícil raciocinar com clareza. Também estava preocupada sobre como pagariam as contas e, apesar do conselho de Bernard, ela não queria alterar as condições de seu fundo de investimento e acessar o que estava em depósito. Parecia-lhe arriscado demais, especialmente se gastassem todo o dinheiro. Deixar seu legado intacto era ao menos uma proteção contra esse risco.

Sua mente ainda girava quando voltou para amamentar o bebê. Depois de recolocá-lo no berço, saciado e feliz, ficou parada por um longo tempo, fitando o telefone. Colocara no bolso o número que o detetive lhe dera, de modo que Bernard não o encontrasse, e retirou-o lentamente. Pensou em ligar para Billy e conversar com ele sobre o assunto, mas até esse era um pensamento perturbador. Ainda não sabia realmente a verdade, e não queria acusar Bernard injustamente. Talvez ele simplesmente não quisesse admitir que fosse divorciado e tivesse amado o garoto como seu próprio filho. No entanto, qualquer que fosse a verdade, sabia que precisava conhecê-la e, com mãos trêmulas, pegou o telefone para ligar para Louise de Beauchamp.

Uma voz clara e profunda atendeu ao segundo toque, e Marie-Ange perguntou por madame de Beauchamp.

– Sou eu – respondeu ela, calmamente, sem reconhecer a voz do outro lado da linha. Marie-Ange hesitou por uma fração de segundo. Era como olhar no espelho e ter medo do que veria.

– Aqui é Marie-Ange de Beauchamp – disse quase num sussurro, e ouviu um pequeno som do outro lado, como um suspiro de reconhecimento e alívio.

– Perguntava-me se você telefonaria. Achei que não o faria – disse ela sinceramente. – Não tenho certeza se faria isso, em seu lugar, mas fico feliz. Há algumas coisas que acho que deveria saber. – Ela já sabia, pelo detetive, que Bernard nunca falara sobre ela à sua jovem mulher, o que, por si só, era mais um fator a comprometê-lo, na opinião de Louise. – Gostaria de vir me visitar? Eu não saio – disse ela, em voz baixa. O investigador contara a Marie-Ange a respeito das cicatrizes em seu rosto. Ela fizera cirurgias plásticas, mas sofrera queimaduras graves e não havia muito o que os cirurgiões pudessem fazer. As queimaduras ocorreram, o investigador dissera a Marie-Ange, quando ela tentara salvar o filho.

– Irei a Paris vê-la – disse Marie-Ange, com uma sensação de náusea no estômago, com um medo aterrador do que ouviria. Seus instintos diziam-lhe que sua confiança no marido estava em perigo, e parte dela queria fugir e se esconder, fazer qualquer coisa menos se encontrar com Louise de Beauchamp. Porém, sabia que precisava. Não tinha escolha. Se não o fizesse, alimentaria dúvidas para sempre e achava que devia livrar-se delas, por Bernard. – Quando gostaria que eu fosse?

– Amanhã é muito cedo para você? – perguntou Louise, amavelmente. Não lhe queria mal. Tudo o que queria era salvar sua vida. Por tudo o que o investigador lhe dissera, ela acreditava que Marie-Ange corria perigo e talvez seus filhos também. – Depois de amanhã? – sugeriu a mulher.

Marie-Ange respondeu com um suspiro.

– Posso viajar amanhã e encontrá-la no final da tarde.

– Cinco horas é muito cedo?

– Não, posso chegar a essa hora. Posso levar o bebê? Estou amamentando e o levarei comigo. – Deixaria Heloise com a babá no *château*.

– Adoraria vê-lo – disse Louise, gentilmente, e Marie-Ange pensou ouvir um embargo em sua voz.

– Então, até amanhã, às 17 horas – Marie-Ange prometeu, desejando não sentir que precisava ir. Mas, não havia escolha. Havia iniciado a jornada por essa estrada longa e solitária, e só esperava voltar a salvo, com sua confiança em Bernard restaurada.

Quando desligou o telefone em Paris, Louise olhou tristemente para a fotografia de seu filho, sorrindo-lhe. Muitas coisas haviam acontecido desde então.

10

A viagem de Marmouton a Paris pareceu levar uma eternidade enquanto Marie-Ange dirigia com o bebê no carrinho, e precisou parar uma vez para amamentá-lo. Do lado de fora, estava tempestuoso e frio. Passava das 16h30 quando entrou em Paris, o trânsito estava pesado e ela chegou ao endereço na avenue Foch cinco minutos antes da hora marcada com Louise de Beauchamp. Marie-Ange nada sabia sobre a ex-mulher de Bernard, nunca vira uma fotografia sua ou do garoto, o que lhe parecera estranho, mas talvez Bernard houvesse simplesmente desejado afastar as lembranças de sua vida anterior quando se casou com Marie-Ange. O que era muito mais difícil de compreender era por que ela não estava morta, como ele havia dito.

Não sabia o que esperar quando a porta se abriu, e ficou surpresa ao vê-la. Era uma mulher alta, jovem e elegante, de quase 40 anos, os cabelos louros e soltos até os ombros. Quando se movia, os cabelos pareciam ocultar parte de seu rosto. Entretanto, quando abriu a porta, Marie-Ange viu claramente o que lhe acontecera. Em um dos lados de seu rosto, as feições eram delicadas e perfeitas, no outro pareciam ter se dissolvido e as cirurgias e enxertos haviam deixado feias cicatrizes. As tentativas de consertar as queimaduras haviam fracassado.

– Obrigada por ter vindo, condessa – disse ela, com um ar aristocrático mas vulnerável, enquanto desviava o lado marcado de seu rosto. Conduziu Marie-Ange para uma sala de estar repleta de antiguidades valiosas. Sentaram-se silenciosamente em duas cadeiras Luís XV, Marie-Ange segurando o bebê, que dormia pacificamente em seus braços.

Louise de Beauchamp sorriu ao vê-lo, mas era óbvio para Marie-Ange que seus olhos estavam cheios de tristeza.

– Não vejo bebês com frequência – disse ela, sem artifícios, a Marie-Ange. – Na verdade, não vejo ninguém. – Em seguida, ofereceu-lhe algo para beber, mas Marie-Ange não aceitou. Tudo o que queria era ouvir o que tinha a dizer. – Sei que isso deve ser difícil para você – disse-lhe Louise com clareza, parecendo recuperar a serenidade e o domínio de si própria ao olhar nos olhos da jovem. – Você não me conhece. Não tem nenhuma razão para acreditar em mim, mas espero, pelo seu bem e pelo bem de seus filhos, que me ouça e fique alerta daqui para a frente. – Respirou fundo e continuou, desviando novamente o lado destruído de seu rosto enquanto Marie-Ange observava-a, preocupada. Não parecia uma louca e, embora tivesse um ar de tristeza, não parecia amarga ou desequilibrada. Permaneceu assustadoramente calma enquanto contava sua história.

– Nós nos conhecemos em uma festa em Saint-Tropez e hoje eu acredito que Bernard sabia muito bem quem eu era. Meu pai era um homem muito conhecido, possuía enormes propriedades de terra em toda a Europa e estava envolvido no comércio de petróleo em Bahrain. Bernard sabia tudo isso a meu respeito e, também, que meu pai acabara de morrer. Minha mãe morreu quando eu era criança. Eu não tinha parentes, estava sozinha e era jovem, embora não tanto quanto você. Ele me cortejou intensa e rapidamente. Disse que tudo o que queria era casar-se comigo e ter um filho. Eu tinha um filho de um casamento anterior, que estava com 2 anos quando conheci Bernard. Charles adorava-o. Bernard era maravilhoso com ele, e eu achei que ele seria um pai e um marido perfeitos. Meu casamento anterior terminara mal, e meu ex-marido já não via a criança. Pensei que Charles precisava de um pai, e eu estava muito apaixonada por Bernard. Tanto que o incluí em meu testamento, depois que nos casamos, em partes iguais com Charles. Achei que era o mínimo que eu poderia fazer por Bernard, e eu não tinha intenção de morrer. Porém, fui tola o suficiente para lhe dizer o que fizera.

"Tínhamos uma casa no campo, um *château* em Dordogne que meu pai me deixara, e passávamos bastante tempo ali. Bernard acumulou uma quantidade fantástica de dívidas, mas essa é outra história. Ele teria me arruinado, se eu houvesse permitido, mas felizmente os advogados de meu pai exerciam certo controle. Sob pressão deles, eu disse-lhe, por fim, que não pagaria mais suas contas. Ele próprio precisaria se responsabilizar por elas. Ele ficou furioso. Descobri depois que ele tinha uma dívida de vários milhões de dólares e, para poupar a nós o escândalo, paguei-as silenciosamente para ele.

"Estávamos em Dordogne naquele verão. – Parou por um instante, procurando se controlar, enquanto Marie-Ange preparava-se para o que viria em seguida. – Charles estava conosco... – Sua voz se definhou até se tornar quase inaudível e, em seguida, ela continuou. – Ele tinha 4 anos. Era lindo e louro. Ainda adorava Bernard, embora eu estivesse um pouco menos encantada a essa altura e apavorada com as dívidas. – Suas palavras fizeram Marie-Ange imediatamente se lembrar de sua própria situação, e teve compaixão da mulher quando falava de seu filho. – Houve um incêndio uma noite, um terrível incêndio. Devorou metade da casa antes que o descobríssemos, e eu corri para encontrar meu filho. Ele estava no quarto dele, acima do nosso, e a governanta estava de folga. Quando cheguei lá, encontrei Bernard... – Sua voz não passava de um grasnido – ...trancando a porta de Charles pelo lado de fora. Lutei com ele e tentei abrir a porta; ele tinha a chave na mão. Atingi-o com um golpe, agarrei a chave e fui pegar Charles. Quando tirei Charles da cama, não consegui passar pela porta novamente. Ele a havia bloqueado com alguma coisa, um móvel, uma cadeira, alguma coisa. Eu não podia sair."

– Ah, meu Deus... – Marie-Ange exclamou; as lágrimas escorriam lentamente pelo seu rosto enquanto apertava Robert mais junto ao peito. – Como conseguiu sair?

– Os bombeiros chegaram e seguraram uma rede sob a janela. Tive medo de lançar Charles sobre a rede e continuei segurando-o nos braços. Fiquei ali por um longo tempo, com medo de saltar. – Ela chorava mais intensamente conforme as lembranças assolavam-na, mas estava resolvida a contar a

Marie-Ange, por mais doloroso que fosse. – Esperei demais – disse ela, engasgando com as palavras –, meu filho foi sufocado pela fumaça e morreu nos meus braços. Eu ainda o segurava quando saltei. Tentaram ressuscitá-lo, mas era tarde demais. Bernard foi retirado do andar térreo, completamente histérico, alegando que tentara nos resgatar todo o tempo, o que era uma mentira. Contei à polícia o que ele fizera, e é claro que eles verificaram, mas não havia nada bloqueando a porta do quarto do meu filho. O que quer que ele tenha colocado ali, retirou depois que eu pulei.

Ele disse à polícia que eu não aceitava a mão do destino na morte de meu filho e que precisava culpar alguém para exonerar a mim mesma. Soluçava incessantemente durante o inquérito e acreditaram nele. Ele disse que eu era desequilibrada e que tinha uma ligação estranha e anormal com meu filho. Acreditaram em tudo o que ele disse. Não havia provas para sustentar minha história, mas se ele houvesse nos matado, teria herdado tudo o que meu pai deixara e teria se tornado um homem muito, muito rico. Os bombeiros descobriram mais tarde que o incêndio começara no sótão; disseram que fora uma falha elétrica e que um dos fios que passavam por ali estava muito corroído. Acredito que Bernard tenha feito isso, mas não posso provar. Tudo que sei é o que eu o vi fazer naquela noite: ele estava trancando a porta de Charles quando eu cheguei e bloqueou o quarto para que não pudéssemos sair. Tudo o que sei, condessa, é o que aconteceu, o que eu vi, e que meu filho está morto. Seus olhos fitavam Marie-Ange intensamente e teria sido mais fácil e menos doloroso acreditar que ela era louca, que queria culpar alguém, como Bernard dissera no inquérito. Todavia, algo a respeito de sua história e da maneira como a contou fez Marie-Ange estremecer de terror. Embora não quisesse acreditar em tudo aquilo, se fosse verdade Bernard era um monstro e um assassino, como se ele houvesse matado a criança com as próprias mãos.

– Não conheço sua situação – continuou Louise, olhando a jovem segurando seu bebê, transtornada com o que acabara de ouvir –, mas soube que você tem muito dinheiro e ninguém para protegê-la. Você é muito jovem, talvez tenha bons advogados e tenha sido mais sábia do que eu em se proteger. Mas, se deixou-lhe dinheiro em testamento ou, mesmo se não houver testamento e ele herdar automaticamente se você morrer, você e seus filhos correm grande perigo. E se ele estiver endividado outra vez, o perigo é ainda maior. Se você fosse minha filha ou minha irmã – seus olhos encheram-se de lágrimas –, eu lhe imploraria para pegar seus filhos e fugir.

– Não posso fazer isso – disse Marie-Ange, num sussurro entrecortado, olhando-a, querendo acreditar que ela era louca, mas sem conseguir. Estava transtornada por tudo que acabara de ouvir. – Eu o amo, e ele é o pai de meus filhos. Ele está endividado, sem dúvida, mas posso pagar. Ele não tem nenhuma razão para nos matar ou nos causar algum mal. Ele pode ter o que quiser. – Queria acreditar que a história que acabara de ouvir era uma mentira, mas não era fácil.

– Todo poço tem um fundo – disse Louise, francamente – e, se o seu secar, ele a abandonará. Antes que ele faça isso, tomará tudo o que puder. E se houver mais, em que ele somente poderá colocar as mãos se você morrer, ele encontrará um modo de conseguir isso. É um homem muito voraz e cruel. – Ele era pior do que isso. Era um assassino aos seus olhos. – Ele foi ao enterro de Charles e chorou mais que qualquer outra pessoa, mas não me enganou. Ele o matou, e para mim é como se tivesse feito isso com as próprias mãos. Nunca conseguirei provar, mas você deve fazer tudo o que puder para se proteger e a seus filhos. Bernard de Beauchamp é um homem muito perigoso.

Houve um silêncio longo e angustiante na sala, conforme as duas mulheres encaravam-se demoradamente. Era difícil para Marie-Ange aceitar que ele fosse tão perverso quanto Louise dissera e, no entanto, acreditava em sua história. Talvez houvesse apenas imaginado que a porta estava bloqueada, mas não havia como explicar que ele tenha tentado trancar a porta da criança. Talvez tenha pensado em protegê-lo do fogo e da fumaça, mas até nisso parecia difícil acreditar. Talvez ele houvesse entrado em pânico, ou talvez fosse realmente tão diabólico quanto ela dizia. Marie-Ange não sabia o que pensar ou dizer. Não conseguia respirar, abalada e em choque.

– Lamento muito o que houve. – Não havia como consolá-la por tudo o que havia perdido. Marie-Ange olhou-a com tristeza e, em seguida, disse-lhe o que Bernard havia lhe contado. – Ele me disse que você havia morrido com seu filho. Há dez anos, na verdade. – Na realidade, tinha sido apenas cinco anos antes, três desde o divórcio. – E disse que Charles era filho dele.

Louise sorriu.

– Ele queria que eu tivesse morrido. Ele tem muita sorte, pois eu não saio e vejo apenas alguns amigos. Depois do inquérito, não vi ninguém durante muito tempo. Para todos os fins, é como se eu estivesse morta. E não adianta tentar convencer as pessoas sobre a minha história. Eu sei o que aconteceu. E Bernard também, não importa o que ele diga. Tenha cuidado – avisou ela a Marie-Ange novamente, enquanto se levantava. Parecia exausta e ainda havia lágrimas em seus olhos. – Se alguma coisa acontecer a você ou a seus filhos, eu testemunharei contra ele. Pode não significar nada para você agora, mas talvez signifique algum dia. Espero que nunca precise de mim para isso.

– Eu também – disse Marie-Ange quando caminhavam para a porta do apartamento, e o bebê se remexeu.

– Tome cuidado com ele – Louise disse, sinistramente, quando apertaram-se as mãos.

– Obrigada por me receber – disse Marie-Ange educadamente. Pouco depois, descia as escadas e percebeu que suas pernas tremiam e que ela chorava por Louise, por seu filho e por ela própria. Queria ligar para Billy e lhe contar o que Louise lhe dissera, mas não havia nada que ele pudesse fazer. Tudo o que queria era fugir e pensar.

Eram quase 19 horas quando deixou o apartamento, e era tarde demais para voltar dirigindo a Marmouton. Decidiu, em vez disso, passar a noite no apartamento em Paris, embora soubesse que Bernard estava ali. Quase tinha medo de vê-lo, e tudo o que podia esperar era que ele não pressentisse alguma coisa diferente nela. Sabia que precisaria ter cuidado com o que dissesse. Quando entrou no apartamento, ele acabara de voltar de uma reunião com o arquiteto na rue de Varenne.

A casa estava quase pronta, e diziam que estaria terminada no primeiro dia do ano. Ele pareceu feliz e surpreso ao vê-la, beijou o bebê e tudo no que ela conseguia pensar, enquanto o observava, era no menino que morrera no incêndio e na mulher com o rosto destruído.

– O que está fazendo em Paris, meu amor? Que surpresa maravilhosa! – Ele parecia genuinamente feliz ao vê-la e ela sentiu-se repentinamente culpada por acreditar no que Louise dissera. E se ela fosse louca? E se nada daquilo fosse verdade e ela houvesse ficado demente pela dor e realmente precisasse de alguém para culpar? E se ela própria houvesse matado o filho? Esse pensamento fez Marie-Ange estremecer, e quando Bernard passou os braços ao seu redor, sentiu a compaixão e o amor por ele crescerem outra vez. Não queria acreditar, não queria que ele fosse tão cruel quanto Louise dissera. Talvez ele lhe houvesse dito que Louise estava morta porque não queria lhe contar os horrores do inquérito ou das acusações dela contra ele. Talvez houvesse uma razão para ele haver mentido, talvez até mesmo medo de perder ou magoar Marie-Ange, embora estivesse errado. Afinal, ele era humano.

– Por que não saímos para jantar? Podemos levar o bebê conosco se comermos em um bistrô. Aliás, você ainda não me disse por que está aqui – disse ele, olhando-a inocentemente enquanto ela sentia-se dividida. Metade dela adorava-o, mas a outra metade estava tomada pelo medo.

– Senti sua falta – disse ela, sem artifícios, e ele sorriu e beijou-a novamente. Era tão amoroso, tão terno e tão meigo, segurando o bebê, que ela começava a duvidar de tudo o que Louise de Beauchamp dissera. A única parte que parecia verdadeira era sua inclinação para fazer dívidas. No entanto, sem dúvida isso não era fatal e, se ela tivesse cuidado, talvez com o tempo ele aprendesse a se controlar. Talvez ele houvesse mentido para ela por medo. Teve certeza disso quando saíram para jantar e ele a fez rir, enquanto segurava o bebê, contando-lhe uma fofoca que ouvira sobre um dos amigos deles.

Ele era tão carinhoso e tão amoroso com ela que, quando foram para a cama naquela noite, com Robert no berço ao lado deles, ela teve certeza de que Louise de Beauchamp havia mentido para ela, talvez para se vingar dele por abandoná-la. Talvez estivesse apenas com inveja, Marie-Ange disse a si mesma. Então, não contou nada a Bernard sobre o encontro e teve pena da mulher que conhecera, mas não mais o suficiente para acreditar nela. Então, vivia com Bernard havia dois anos e tinha dois filhos com ele. Ele não era um homem que pudesse assassinar mulheres e crianças. Não seria capaz de ferir ninguém. Seu único pecado, se houvesse algum, Marie-Ange concluiu enquanto adormecia em seus braços naquela noite, era acumular dívidas. A mentira sobre ele ser um viúvo, ela poderia perdoar. Talvez, como um católico e nobre, simplesmente lhe parecera um pecado muito grande admitir que era divorciado. Quaisquer que houvessem sido seus motivos, Marie-Ange amava-o e não acreditava, nem por um instante, que ele houvesse assassinado o filho de Louise.

11

Marie-Ange sentiu-se tão culpada quando retornou a Marmouton, após seu encontro com Louise de Beauchamp, que se mostrou duplamente generosa com Bernard quando descobriu que ele estava com mais dívidas. Ele não lhe dissera nada, mas ela constatou que ele se esquecera de pagar o aluguel da casa de verão e do iate e ela mesma precisou pagar a conta. Mas, a essa altura, aquele pareceu-lhe um pecado menor.

A casa na rue de Varenne estava quase terminada e, embora houvesse uma pilha de contas aguardando pagamento, ela finalmente decidira retirar algum dinheiro de seu depósito para saldá-las. Os investimentos de Bernard que havia dois anos deveriam "vencer" para que ele pudesse resgatá-los nunca se materializaram e havia muito tempo ela deixara de perguntar-lhe a respeito. Não adiantava. Ela nem tinha certeza se eles realmente existiam. Talvez houvesse perdido o dinheiro ou houvesse menos do que dissera. Já não importava mais para ela. Não queria deixá-lo constrangido. Tinham sua herança para viver. Tinham duas casas lindas e duas crianças saudáveis. Embora se lembrasse de seu encontro com Louise de Beauchamp de vez em quando, afastava-o da mente e não dissera nada a ele sobre se encontrar com Louise. Tinha certeza de que a mulher o acusara injustamente. Era terrível demais acreditar que ela realmente pensasse que Bernard assassinara seu filho. No entanto, Marie-Ange perdoava-a pelo que dissera sobre seu marido, porque tinha certeza de que, se houvesse perdido um de seus filhos, também enlouqueceria. Bernard e seus filhos eram tudo pelo que vivia. Era óbvio para ela que Louise de Beauchamp enlouquecera de desgosto.

Quando Bernard falava em comprar um palácio em Veneza ou uma casa em Londres, ela repreendia-o como a um garotinho que quisesse mais doce e dizia-lhe que tinham casas suficientes. Ele chegara até a falar em irem à Itália ver um iate. Possuía um apetite insaciável por objetos e casas de luxo, mas Marie-Ange estava decidida a vigiá-lo e conter suas extravagâncias. Quando Robert estava com três meses, Bernard falava em terem outro filho. A ideia também atraía Marie-Ange, mas dessa vez queria esperar mais alguns meses, embora já tivesse recuperado sua silhueta e estivesse mais bonita que nunca, mas queria ter alguns meses para passar mais tempo com Bernard. Falavam em fazer uma viagem para a África naquele inverno e Marie-Ange achou que seria divertido. Quando o Natal se aproximava, eles planejavam uma grande festa em Marmouton e uma maior ainda após o primeiro dia do ano, quando ocupariam a casa na rue de Varenne.

Marie-Ange estava ocupada com os filhos e ligou para Billy algumas semanas antes do Natal para perguntar-lhe sobre seus planos de casamento. Queria voltar a Iowa para visitá-lo, mas o lugar parecia tão distante e nunca havia tempo. Ele brincou com ela, perguntando-lhe se já estava grávida novamente. No entanto, em uma pausa no fim da conversa, ele perguntou-lhe se ela estava bem.

– Estou bem. Por que a pergunta? – Ele sempre tivera um sexto sentido a respeito dela, mas ela insistiu que estava bem.

Não disse nada a respeito de seu encontro com Louise de Beauchamp, por lealdade a Bernard. Além disso, sabia que seria difícil explicar, especialmente a Billy, que sempre suspeitara um pouco de Bernard.

– Apenas me preocupo com você, é só. Não se esqueça de que não conheço seu marido. Como vou saber se ele é realmente esse grande sujeito que você diz?

– Confie em mim – Marie-Ange sorriu à lembrança do amigo sardento, de cabelos ruivos –, ele é realmente um grande sujeito. – Ficou triste ao pensar que não via Billy há tanto tempo. No entanto, ele estava feliz por ela estar em Marmouton com sua própria família. Parecia-lhe uma questão de justiça.

– Você tem alguma notícia de sua tia? – Carole tinha mais de 80 anos e Marie-Ange sabia que ela estava doente havia muito tempo. Apenas lhe enviara um cartão de Natal com uma fotografia de Heloise e de Robert, mas não achava que significaria muito para ela. Sempre escrevia para Marie-Ange na época do Natal, um bilhete conciso, uma vez por ano. Tudo o que dissera era que esperava que ela e seu marido estivessem bem. Nunca dissera muito mais que isso. – Você vem mesmo para o meu casamento em junho? – perguntou Billy.

– Vou tentar.

– Mamãe disse que você deveria trazer seus filhos. – Mas era uma viagem muito longa para levá-los e, se dependesse de Bernard, ela estaria grávida outra vez a essa altura, embora pudesse viajar mesmo assim. No entanto, Iowa parecia fazer parte de outro mundo.

Conversaram por algum tempo, até que Bernard chegou em casa. Ela deslizou telefone e foi lhe dar um beijo de boas-vindas.

– Com quem estava falando? – Estava sempre curioso sobre o que ela fazia, com quem se encontrava, com quem falava;

gostava de fazer parte de sua vida, embora às vezes fosse mais reservado em relação à sua própria.

– Billy, em Iowa. Ele ainda quer que a gente vá ao casamento dele em junho.

– É muito longe – disse Bernard com um sorriso. Para ele, Estados Unidos significavam Los Angeles ou Nova York. Estivera duas vezes em Palm Beach, mas uma fazenda em Iowa definitivamente não fazia parte de seu estilo. Ele acabara de comprar um conjunto de malas de couro de crocodilo marrom, e Marie-Ange podia imaginá-lo chegando à fazenda dos Parker com suas malas de crocodilo na carroceria de uma caminhonete. Entretanto, ela teria gostado de voltar e ainda prometia a si mesma que voltaria um dia. Tentara convencer Billy a vir a Marmouton para sua lua de mel e depois ir para Paris. Até lhe oferecera para que ficassem em sua nova casa, mas ele apenas rira da sugestão. Ele e Debbi concluíram que uma semana no Grand Canyon era caro demais, e até mesmo um fim de semana em Chicago seria bem apertado para eles. A França era uma vida inteiramente diferente, e apenas um sonho para eles. Cada centavo ganho era aplicado na fazenda.

– O que você fez hoje, meu amor? – perguntou-lhe Bernard naquela noite durante o jantar. Acabaram de contratar uma cozinheira da cidade e era bom ter um tempo extra com seus filhos, mas sentia falta de preparar o jantar para ele.

– Nada em especial. Estava preparando nossa festa de Natal e fiz algumas compras. Brinquei com as crianças. – Heloise está gripada outra vez. – E você?

Ele sorriu-lhe misteriosamente.

– Na verdade – disse, como se esperasse um rufar de tambores para acompanhar o anúncio que ia fazer –, comprei um poço de petróleo – disse ele, satisfeito, enquanto Marie-Ange franzia as sobrancelhas.

– Fez o quê? – Esperava que ele estivesse brincando com ela, mas ele parecia ameaçadoramente verdadeiro.

– Comprei um poço de petróleo. No Texas. Há muito tempo venho conversando com as pessoas que estão vendendo ações nesse mercado. Renderá uma fortuna quando começar a funcionar. Eles já tiveram um lucro enorme em Oklahoma. – Exibiu-lhe um amplo sorriso.

– Como o comprou? – Ela sentiu o pânico subir à sua garganta quando perguntou.

– Com uma nota promissória. Conheço essas pessoas muito bem.

– Quanto foi? – Ela parecia nervosa e ele parecia divertir-se. – De quanto foi sua participação?

– Foi uma pechincha. Eles me permitiram pagar metade da minha participação agora, com a nota, é claro, no valor de 800 mil dólares. Só preciso pagar a outra metade no ano que vem. – Ela já sabia que ele nunca pagaria. Ela seria responsável por isso e teriam que lançar mão novamente do dinheiro do fundo que lhe pertencia. Havia dois anos, 10 milhões de dólares pareciam-lhe uma imensa fortuna, mas agora vivia aterrorizada de que pudessem ir à falência. Nas mãos de Bernard, 10 milhões de dólares desapareceriam como pó.

– Bernard, não podemos arcar com essa despesa. Acabamos de pagar a casa.

– Querida – ele riu diante de sua ingenuidade, inclinando-se para beijá-la –, você é uma mulher muito, muito rica. Você tem dinheiro para durar para sempre e nós faremos uma fortuna com isso. Confie em mim. Conheço esses homens. Já fizeram isso antes.

– Quando teremos que cobrir a nota?

– Até o final do ano – disse ele, alegremente.

– Isso é em duas semanas. – Quase engasgou com o que ele disse.

– Acredite-me, se eu pudesse, eu mesmo pagaria. Seus assessores no Banco me agradecerão por lhe fazer esse favor – disse ele, sem pestanejar. Marie-Ange ficou deitada sem conseguir dormir, pensando no que acontecera, a noite toda.

Pela manhã, quando telefonou para o Banco e disse-lhes o que pretendia, seus assessores não estavam dispostos a agradecer a Bernard e, pelo bem dela, recusaram-se a permitir que ela lançasse mão do dinheiro para cobrir a nota promissória. Simplesmente não permitiriam e, durante o almoço no dia seguinte, ela não teve escolha senão contar a Bernard, que ficou indignado.

– Meu Deus, como podem ser tão estúpidos? E, agora, o que você espera que eu faça? Eu dei minha palavra. Pensarão que sou um mentiroso, podem até me processar. Assinei os documentos há dois dias. Você sabia disso, Marie-Ange. Tem que dizer ao Banco que eles *precisam* pagar.

– Eu fiz isso – disse ela, duramente. – Talvez você devesse ter consultado o Banco antes de assinar.

– Você não é uma mendiga, pelo amor de Deus! Eu mesmo ligarei para eles amanhã – retrucou ele, deixando implícito que ela não soubera lidar com a questão. No entanto, quando ele ligou para o Banco, foram ainda mais diretos com ele e disseram-lhe sem rodeios que os administradores do *trust* não permitiriam que ela fizesse outro saque. "As portas estão fechadas", disseram. Quando Bernard voltou a falar sobre o assunto com Marie-Ange, estava furioso.

– Você disse a eles para fazerem isso? – perguntou, desconfiado, acusando-a de agir traiçoeiramente.

– Claro que não, mas gastamos uma fortuna nas duas casas. – E ele gastara outro milhão de dólares ou mais em obras de arte ou com outras dívidas de maus negócios. Seus administradores disseram-lhe que a estavam protegendo e ao que restara de sua fortuna, para seu próprio bem. Deveria pensar em seu futuro, e no das crianças. Se ela não conseguia conter seu marido, eles estavam mais do que dispostos a fazer isso por ela. No entanto, nos dias seguintes, Bernard parecia uma fera enjaulada. Esbravejava e berrava com ela, agia como uma criança mimada e colérica, mas não havia nada que ela pudesse fazer. Faziam as refeições num silêncio sepulcral e, no fim de semana, quando Bernard voltou de uma breve viagem a Paris, ele finalmente sentou-se com Marie-Ange no escritório e disse-lhe que, diante de sua óbvia desconfiança em relação a ele e o tratamento que o Banco dela lhe dispensava, como se ele fosse um gigolô, obviamente de acordo com as ordens dela, ele estava pensando em deixá-la. Ele não toleraria ser tratado dessa forma ou viver em um casamento onde não havia confiança e onde ele era tratado como uma criança.

– Tenho sempre agido nos seus melhores interesses, desde que nos conhecemos, Marie-Ange – disse ele, parecendo magoado. – Meu Deus, eu a deixei ficar aqui quando sequer a conhecia porque eu sabia o quanto isso significaria para você. Gastei uma fortuna reformando o *château* porque é uma relíquia de sua infância perdida. Comprei a casa em Paris porque achei que você merecia uma vida mais emocionante do que ficar escondida aqui. Não fiz outra coisa senão trabalhar por você e pelos nossos filhos desde o dia em que nos conhecemos. E agora descubro que você não confia em mim. Não posso mais viver assim.

Marie-Ange estava horrorizada com o que ouvia, e mais ainda com a ideia de perdê-lo. Tinha dois filhos pequenos e talvez estivesse grávida novamente. A ideia de ele a deixar, abandoná-la sozinha no mundo outra vez, com seus filhos, encheu-a de terror e a fez querer dar-lhe tudo o que tinha. Em nenhum momento lhe ocorreu que a cara reforma que ele alegava fora custeada por ela mesma ou que a "fortuna que ele havia gasto" era dela. Ela pagara pela casa em Paris, depois que ele a comprou sem sequer consultá-la, exatamente como se comprometera com a nota promissória no valor de 1,6 milhão de dólares agora, sem nunca ter lhe perguntado.

– Sinto muito, Bernard... Sinto muito... – disse ela, arrasada. – Não é culpa minha. O Banco não quer me emprestar o dinheiro.

– Acho que você nem tentou. E, *com certeza*, a culpa é sua – acusou-a duramente. – Essas pessoas trabalham para você, Marie-Ange. Diga-lhes o que quer. A menos, é claro, que você queira me humilhar publicamente e recusar-se a cobrir uma dívida que assumi por você. É você quem se beneficiaria desse investimento, como Robert e Heloise. – Era a imagem do abnegado e altruísta enquanto a acusava e ela sentiu-se como se houvesse lhe dado um tiro no coração. Em troca, ele partia o dela.

– Eles não são meus empregados, Bernard. São meus administradores, você sabe disso. São eles quem tomam as decisões. Não eu. – Seus olhos imploravam-lhe que a perdoasse pelo que ela não podia lhe dar.

– Também sei que, se você quiser, pode processá-los para conseguir o que deseja. – Enquanto lhe explicava, fazia-se de bom moço ofendido.

– É isso o que quer que eu faça? – Ela ficou abalada.

– Se me amasse, você o faria. – Ele fora até o fim, e no dia seguinte, Marie-Ange falou com o Banco outra vez, que continuou irredutível, e, quando ameaçou processá-los, disseram-lhe francamente que ela perderia. Poderiam mostrar facilmente como seu dinheiro fora gasto de maneira rápido e imprudente e disseram-lhe que nenhum juiz responsável adiantaria o *trust*, em tais circunstâncias, para uma jovem da idade dela. Tinha apenas 23 anos, e eles sabiam o quanto Bernard pareceria ávido e ganancioso naquelas circunstâncias, e o quanto ele parecia suspeito para o tribunal, mas não lhe disseram isso.

Quando relatou a conversa a Bernard, ele disse friamente que comunicaria a ela quando tomasse uma decisão, mas ela já estava avisada. Ele havia ameaçado abandoná-la se ela não saldasse sua dívida. Faltavam apenas duas semanas para a data de pagamento.

Ela continuava angustiada com a situação na noite de Natal, e Bernard não lhe dirigia a palavra havia dias. Sentia-se humilhado, desacreditado e destratado e faria pagar por isso de forma extrema. Ela parecia muito nervosa ao cumprimentar os convidados. Ele parecia, como sempre, elegante, digno e calmo. Usava um smoking novo, que mandara confeccionar em Londres e um par de sapatos de couro legítimo, feito sob medida. Ele sempre andava extremamente bem-vestido, e ela usava um vestido longo de cetim vermelho que ele comprara para ela na Dior. Entretanto, ela não se sentia nem um pouco festiva e estava doente com a preocupação de que ele fosse abandoná-la no final do ano, quando ela não poderia cobrir sua dívida. Ele agia como se estivesse magoado por ela não perceber que tudo o que ele fazia era por ela.

Ele não lhe dirigiu nenhuma palavra enquanto conduziam seus convidados à sala de jantar para a ceia e, mais tarde, quando a música foi iniciada, ele dançou com todas as mulheres no salão, exceto sua esposa. Foi uma noite dolorosa para Marie-Ange, sob todos os aspectos.

Restavam apenas alguns convidados quando alguém na cozinha comentou que sentia cheiro de fumaça na casa. Alain Fournier, o caseiro, lavava as louças na cozinha e ajudava os empregados do serviço de bufê a fazer a limpeza e disse que daria uma olhada para ver o que era. A princípio, os empregados do serviço de bufê insistiram que se tratava do forno, que estavam limpando, e alguém sugeriu que poderiam ser as velas acesas por toda a casa ou os charutos que os convidados fumaram. Entretanto, por segurança, Alain dirigiu-se ao andar superior para dar uma olhada. No segundo andar, encontrou uma vela que tombara contra as novas e pesadas cortinas damasco. As franjas das cortinas pegaram fogo rapidamente, e todo um lado delas estava em chamas quando ele chegou ao andar.

Alain arrancou-a dos trilhos, jogou-a no chão e começou a pisoteá-la, para apagar o fogo. Somente então percebeu que as franjas do bandô, na parte de cima das cortinas, carregara as chamas para o outro lado, que também ardia em labaredas. Começou a gritar, mas ninguém o ouvia. Tentou desesperadamente apagar o fogo antes que se espalhasse ainda mais, mas seus pedidos de ajuda eram abafados pela música no térreo. Como em um pesadelo, as chamas dançavam de uma cortina para outra e, no que lhe pareceu uma questão de segundos, o incêndio se espalhou por todo o corredor do segundo andar e as labaredas avançavam em direção às escadas.

Sem saber o que mais fazer, desceu correndo as escadas em direção à cozinha, dizendo a todos que levassem baldes de água para cima. Um dos empregados do bufê correu para chamar os bombeiros e, em seguida, entrou esbaforido na sala de estar para avisar os convidados que restavam. No instante em que Marie-Ange ouviu, correu para cima, para o corredor do segundo andar, onde Alain atirava baldes de água nas chamas. Quando chegaram, o tecido nas paredes que levavam ao terceiro andar haviam criado um túnel de labaredas, mas ela sabia que precisava atravessá-lo, já que seus dois filhos estavam dormindo no terceiro andar. No entanto, quando tentou atravessar as chamas, braços poderosos retiveram-na. Os homens que subiram da cozinha para combater o fogo sabiam que ela se transformaria numa tocha humana em seu vestido vermelho drapeado.

– Soltem-me! – gritava, tentando abrir caminho e livrar-se deles. No entanto, antes que conseguisse desvencilhar-se, viu Bernard passar correndo por ela, e já estava no topo das escadas quando ela conseguiu livrar-se dos homens. Subiu correndo, o mais rápido que pôde, atrás dele. Pôde ver a porta para os aposentos das crianças logo à frente deles, e o corredor estava tomado pela fumaça. Viu quando ele tomou o bebê nos braços e correu para o quarto onde Heloise dormia. Heloise acordou no mesmo instante em que ouviu seus pai e Marie-Ange agachou-se e agarrou-a no colo. Podiam ouvir o rugido das chamas e os gritos das pessoas no andar inferior. Quando Marie-Ange olhou para trás, viu as escadas para o terceiro andar tomadas pelas chamas, e sabia que as janelas do terceiro andar eram minúsculas. A menos que pudessem voltar ao segundo andar pelas chamas, não haveria como escapar, e ela olhou para Bernard em desespero.

– Vou buscar ajuda – disse ele, parecendo em pânico. – Fique aqui com as crianças. Os bombeiros estão a caminho, Marie-Ange. Se for preciso, vá para o telhado e espere lá! Em seguida, colocou Robert no berço de Heloise e partiu em direção às escadas enquanto Marie-Ange observava-o, apavorada. Ele parou apenas um instante quando descia, na porta que dava para o telhado, e, enquanto o observava, ela viu-o enfiar a chave da porta no bolso. Ela gritou para ele jogar a chave para ela, mas ele se voltou apenas um instante, na base das escadas, e desapareceu. Fora buscar ajuda, tinha certeza, mas a deixara sozinha no terceiro andar com os bebês, num mar de chamas.

Bernard dissera-lhe que não queria que ela tentasse atravessar o fogo nas escadas; estaria mais segura ali em cima, ele afirmara. Entretanto, olhando as chamas aproximando-se cada vez mais, percebeu que ele estava errado e não se sentiu reconfortada com o barulho das sirenes do corpo de bombeiros a distância. As duas crianças choravam, e o bebê arfava na fumaça espessa que começava a sufocá-los. Esperava ver os bombeiros, ou Bernard com uma brigada de baldes, subindo as escadas para salvá-los a qualquer instante. Não conseguia ouvir as vozes no andar inferior, pois o rugido das labaredas era alto demais, e, um instante depois, ouviu um enorme estrondo. Quando olhou, viu que uma viga caíra e bloqueava a escada. Ainda não havia sinal de Bernard voltando para resgatá-los, enquanto ela soluçava, agarrada aos filhos.

Colocou-os no berço de Heloise por um instante e correu para verificar a porta para o telhado, mas ela estava trancada e Bernard levara a chave com ele. Repentinamente, lembrou-se de uma voz em sua mente, de um rosto desfigurado e de tudo o que Louise de Beauchamp havia lhe dito. Era tudo verdade, percebeu imediatamente. Ele tentara trancá-los no quarto do filho dela. E agora ele a deixara ali, sem acesso ao telhado, sem nenhuma forma de escapar do incêndio e salvar seus filhos.

– Vai ficar tudo bem, filhinhos. Vai ficar tudo bem – repetia-lhes, num murmúrio histérico, correndo de uma pequena janela para outra. Então, quando olhou por uma delas, viu-o parado, no pátio, soluçando histericamente e agitando os braços na direção dela. Descrevia alguma coisa para as pessoas, sacudindo a cabeça, e ela podia imaginar o que ele estava dizendo, talvez que os tivesse visto mortos ou que não havia nenhum modo de chegar até eles; o que era verdade, mas não fora assim quando ele os deixara e enfiara no bolso a chave da porta que levava ao telhado.

Abriu todas as janelas que pôde, para terem ar fresco, depois correu de um aposento para o outro enquanto as brasas caíam e pedaços de madeira em chamas voavam para todos os lados ao redor deles. De repente, lembrou-se de um minúsculo banheiro que nunca usavam. Era o único aposento no terceiro andar com uma janela ligeiramente maior e, quando chegou até ali, viu que era possível abri-la. Correu ao quarto de Heloise, agarrou as crianças, correu de volta ao banheiro, e começou a gritar da janela aberta.

– Aqui em cima! Estou aqui em cima!... Estou com as crianças! – Gritava acima do barulho, agitando um dos braços para fora da janela. No começo, ninguém a viu; em seguida, repentinamente, um bombeiro olhou para cima, localizou-a e correu para trazer a escada. Enquanto observava os homens, viu Bernard olhar para cima e fitá-la com uma expressão que nunca vira em seu rosto antes. Era um olhar de pura inveja e ódio, e não teve dúvidas, naquele instante, de que ele provocara o incêndio. Provavelmente, iniciara o fogo no segundo andar, onde ninguém notaria, suficientemente perto das escadas que levavam ao terceiro andar, de modo que o fogo devorasse as crianças. Sabia o que Marie-Ange faria: ela correria para os filhos e ficaria presa na armadilha com eles. Não era nenhum acidente que a porta para o telhado estivesse trancada, e ele levara a chave. Ele tivera a intenção de assassiná-los e, ao que podia ver, havia uma boa possibilidade de que o conseguisse. Os bombeiros haviam encostado as escadas nas paredes do *château* e verificaram que não tinham altura para alcançar a janela do banheiro. Enquanto Bernard observava, começou a soluçar histericamente, exatamente como Louise descrevera a noite em que seu filho morreu. Marie-Ange sentiu um calafrio de terror percorrê-la, pois não conseguia ver como salvaria seus filhos. Se todos eles morressem, Bernard herdaria tudo. Se vivessem e Marie-Ange morresse, ele precisaria dividir o espólio com os filhos. Sua motivação para matar todos eles era uma ideia tão horrível e insuportável que Marie-Ange tinha a sensação de que seu peito era rasgado e seu coração, arrancado. Ele tentara assassinar não só a ela, como aos filhos também.

Enquanto olhava para baixo e o via chorar, segurava as crianças o mais para fora da janela que ousava fazer, para mantê-las respirando. A porta do minúsculo banheiro estava fechada atrás deles, e o rugido que vinha do outro lado da porta era ensurdecedor. Não conseguia ouvir o que as pessoas gritavam-lhe, mas três bombeiros seguravam uma rede para ela e, a princípio, não conseguiu entender o que diziam. Observou suas bocas o mais intensamente possível, para ler seus lábios, e finalmente um dos homens levantou um único dedo. Um, ele lhe dizia. Um. Um de cada vez.

Colocou Heloise no chão, a seu lado, enquanto a criança agarrava-se ao seu vestido, e, chorando histericamente, beijou o rostinho de Robert e segurou-o para fora da janela o mais afastado da parede que podia, enquanto os bombeiros corriam e seguravam a rede com firmeza. Foi um momento insuportável quando o largou e o observou cair, ricochetear na rede como uma pequena bola de borracha e finalmente viu um dos bombeiros erguê-lo no colo. Ele ainda se movia. Agitava os braços e as pernas quando Bernard correu para ele e o segurou nos braços enquanto Marie-Ange olhava-o com ódio.

Em seguida, fez o mesmo com Heloise, enquanto a criança esperneava, gritava e debatia-se com ela. Marie-Ange gritou-lhe que parasse; em seguida, beijou-a e lançou-a no vazio. Como seu irmão, ela caiu na rede como uma boneca e foi agarrada pelos bombeiros e, em seguida, beijada pelo pai. Agora, entretanto, todos erguiam os olhos para cima, para Marie-Ange, que olhava fixamente para fora. Uma coisa fora lançar as crianças, outra era saltar, ela própria, da janela. Parecia uma queda angustiante e longa; a janela era tão pequena, sabia que não seria fácil para ela erguer-se até a abertura. Entretanto, ao ver Bernard no pátio, soube que, se não o fizesse, ele ficaria com seus filhos e só Deus sabe o que ele poderia fazer para roubar a parte deles na herança. Sabia que, daquele dia em diante, eles nunca estariam a salvo com ele. Subiu no parapeito e se equilibrou; então ouviu uma explosão e todas as janelas do segundo andar foram lançadas na noite. Compreendeu que era uma questão de tempo antes que o chão cedesse e desmoronasse, levando-a com ele.

– Salte! – gritavam-lhe os bombeiros. – Salte!

Porém Marie-Ange sentia-se paralisada, ali sentada, e eles sentiam-se impotentes para ajudá-la. Não havia nada que pudessem fazer por ela, a não ser encorajá-la a fazer o que fizera pelos filhos. Agarrada ao batente da janela, podia ver o rosto de Louise de Beauchamp e compreendeu o que ela sentira naquela noite, quando perdeu o filho e soube que Bernard o matara, como se houvesse empunhado uma arma e atirado nele. Marie-Ange precisava saltar para salvar os filhos, para impedi-lo. No entanto, era tão aterrador que não conseguia se mover. Estava paralisada de terror enquanto todos a observavam.

Podia ver Bernard gritando para ela; as crianças já estavam em outros braços e todos os olhos voltavam-se para ela. Sabendo que ninguém o observava naquele momento, Bernard olhou para ela, no meio da multidão, e sorriu-lhe. Sabia que ela estava apavorada demais para saltar. Ele ficaria com a parte de seu espólio quando ela morresse e poderia fazer qualquer coisa que quisesse com a fortuna quando ela lhe pertencesse. Fracassara em sua missão de matar sua última mulher e matara apenas seu filho, mas desta vez teria mais sucesso. Da próxima vez, Marie-Ange perguntava-se enquanto o observava, quem ele mataria? Heloise? Robert? Ambos? Quantas pessoas ele destruiria antes que alguém o impedisse? Então, como se ela estivesse ao seu lado, Marie-Ange pôde ouvir Louise falando sobre Charles na noite em que ele morreu em seus braços, na casa de campo. Foi como se Louise falasse com ela, em alto e bom som.

"Salte, Marie-Ange! *Agora.*" Ao ouvir as palavras em sua cabeça, finalmente saltou da janela e voou para baixo, sua ampla saia vermelha inflando como um paraquedas. Perdeu completamente a respiração quando aterrissou na rede que seguravam para ela. O primeiro rosto que viu olhando para baixo, para ela, foi o de Bernard, chorando e estendendo os braços para ela, que se encolheu. Ela vira tudo em seus olhos antes desta cena, compreendera tudo. Ele era realmente o monstro que Louise dissera. Era um homem que tivera a intenção de matar o filho dela, seus próprios filhos e duas mulheres. Quando Marie-Ange olhou para ele, falou com toda clareza.

– Ele tentou nos matar – disse, serenamente, perplexa com o som de sua própria voz e com as palavras que emitia. – Ele trouxe com ele a chave da porta que dava para o telhado, depois de trancá-la, para que não tivéssemos como escapar. Ele nos deixou para que morrêssemos – disse enquanto ele dava um passo para trás como se ela o tivesse atingido com um golpe. – Ele fez isso antes – Marie-Ange disse para que todos ouvissem; ele tentara destruir tudo o que ela mais amava e nunca poderia perdoá-lo por isso. – Ele provocou o incêndio que matou o filho de sua ex-mulher – disse e sua enquanto um ódio avassalador saltava dos olhos dele em direção a ela. – Ele também nos trancou em um quarto e quase nos matou, mas não conseguiu. Você tentou nos matar – disse, diretamente para ele, enquanto ele saltava para a frente, como se fosse esbofeteá-la, mas se conteve, num esforço para manter a compostura.

– Ela está mentindo. Está louca. Sempre foi desequilibrada. – Tentava parecer calmo, falando com o chefe dos bombeiros que estava ao seu lado, ouvindo e observando o rosto de Marie-Ange. Ela não lhe parecia desequilibrada. – Ficou perturbada com o choque de ver seus filhos em perigo.

– Você provocou o incêndio, Bernard – disse-lhe num tom glacial. – Você nos deixou. Levou a chave. Queria que morrêssemos para ficar com todo o dinheiro, não apenas o meu, mas o deles também. Você deveria ter morrido no incêndio, talvez você morra da próxima vez – disse, conforme a raiva que sentia se avolumava. Um policial da vila aproximou-se discretamente de Bernard. Um dos bombeiros sussurrara-lhe alguma coisa e ele sugeria a Bernard que os acompanhasse para responder algumas perguntas. Bernard recusou-se a ir com eles e expressou sua indignação.

– Que desaforo! Como ousa dar ouvidos a ela? É uma louca! Não sabe o que está dizendo.

– E Louise? Ela também era louca? E Charles? Era uma criança de 4 anos quando você o matou. – Marie-Ange chorava, parada no ar gelado da noite. Um dos bombeiros colocou um cobertor ao redor de seus ombros. Haviam praticamente dominado o fogo, mas a destruição no interior da casa fora quase total.

– *Monsieur le Comte* – disse-lhe o policial claramente –, se não vier conosco por bem, senhor, o que esperamos que faça, seremos obrigados a algemá-lo.

– Farei com que seja despedido por isso. Que absurdo! – esbravejou, mas acompanhou-os a contragosto. Seus amigos haviam partido e Marie-Ange ficou com o caseiro, os homens que vieram da fazenda, os bombeiros e seus filhos.

Deram oxigênio a Robert pois ele tremia, mas agora havia se acalmado, e Heloise dormia profundamente nos braços de um bombeiro, como se nada tivesse acontecido. Alain ofereceu para que dormissem em sua casa naquela noite e, as últimas chamas arderem, percebeu que mais uma vez estava começaria a partir do nada. Porém, estava viva, ela e seus filhos. Era tudo o que lhe importava agora.

Ficou ali fora por um longo tempo, enquanto os bombeiros continuavam a apagar o que restava do incêndio. Eles permaneceram de vigília toda a noite, observando os escombros incandescentes. Ela levou as crianças para a casa de Alain e, pela manhã, dois policiais bateram à porta, querendo falar com ela. A mãe de Alain chegara da fazenda pouco antes para ajudá-la com as crianças.

– Podemos falar-lhe, condessa? – perguntaram, respeitosamente, e ela saiu de casa para atendê-los. Não queria que

Alain ouvisse o que tinha a dizer sobre seu marido. Interrogaram-na exaustivamente e disseram-lhe que os bombeiros encontraram vestígios de querosene no corredor do segundo andar e nas escadas que levavam ao quarto das crianças. Haveria uma investigação completa e, com os indícios que tinham, estavam preparados para apresentar acusações contra Bernard. Ela, então, contou-lhe a respeito de Louise de Beauchamp e eles agradeceram.

Hospedou-se no hotel da cidade naquela noite; eles colocaram dois berços no quarto para as crianças e madame Fournier acompanhou-as. Ficou ali uma semana para responder às perguntas dos policiais e dos bombeiros. Depois que os escombros esfriaram, ela entrou na casa, para ver o que poderia ser salvo. Algumas peças de prata, algumas esculturas, alguns utensílios. Tudo o mais fora destruído ou inutilizado, mas os seguradores estiveram ali para uma avaliação e havia dúvidas sobre quanto ou se lhe pagariam algum valor, se viesse a ser provado que o próprio Bernard provocara o incêndio.

Ela ligou para Louise de Beauchamp após os primeiros dias. Foi o que Marie-Ange precisou para acalmar-se. As consequências do choque foram piores do que o que sentiu na noite da tragédia. Perdera não só sua casa, e quase seus filhos, como também suas esperanças, seus sonhos, seu marido e sua fé nele. Ele fora mantido na cadeia para novos interrogatórios, e Marie-Ange não fora vê-lo. Tudo o que queria era perguntar-lhe por que fizera aquilo, como pôde odiá-la tanto e querer destruir os filhos. Era algo que jamais entenderia, mas suas razões eram claras. Fizera tudo aquilo por dinheiro.

Quando conversaram por telefone, Marie-Ange agradeceu a Louise pelo aviso. Se não soubesse o que acontecera, talvez tivesse sido tola o suficiente para acreditar que ele voltaria para salvá-los e nunca teria tentado encontrar uma saída pela janela do banheiro. E, sem dúvida, teria acreditado na encenação dele. Entretanto, jamais se esqueceria do que o viu fazer naquela noite, da expressão de ódio em seus olhos ao observá-la parada no peitoril da janela, torcendo para que ela não tivesse coragem de pular para a rede de segurança.

– Pareceu-me ouvir sua voz naquela noite, dizendo-me para saltar – Marie-Ange disse com tristeza. – Eu tive tanto medo, quase não consegui, mas eu só pensava no que ele faria com as crianças se eu morresse... Foi então que ouvi sua voz em minha mente, dizendo "salte", e eu saltei.

– Fico feliz – Louise disse, serenamente, e reafirmou a Marie-Ange que teria prazer em testemunhar relatando o que lhe acontecera. Marie-Ange disse-lhe que a polícia a convocaria.

– Você ficará bem agora – Louise assegurou-lhe –, melhor que eu. Charles foi sacrificado pela ganância daquele desgraçado. Que razão terrível para morrer.

– Lamento muito – disse Marie-Ange novamente. Conversaram por um longo tempo, confortando uma à outra. De certa forma, Marie-Ange tinha certeza, fora o aviso de Louise que a salvara tanto quanto os bombeiros e a rede que seguraram e o mergulho que ela dera.

Passaram o Natal no hotel e, no dia seguinte, Marie-Ange levou as crianças de carro para Paris. Decidira vender a casa na rue de Varenne, com tudo o que havia nela. Detestava ficar no apartamento, mas todos os seus pertences estavam ali, tudo o que lhes restavam, e Bernard já não poderia feri-la. Ele tentara telefonar para ela uma vez no hotel, e ela se recusara a atender. Não queria vê-lo nunca mais, exceto no tribunal, e esperava que ele fosse condenado à prisão perpétua pelo que fizera a Charles e tentara fazer aos seus filhos. Entretanto, a verdadeira tragédia para Marie-Ange era que ela não só havia confiado e acreditado nele como também o amara.

Era véspera de Ano-novo quando finalmente resolveu telefonar para Billy. Estava em casa com os filhos, pensando nele. Tinha tanto a pensar, valores e ideais, sonhos desfeitos uma integridade que nunca existira. Como Louise, compreendia que não passara de um alvo para ele desde o começo, uma fonte de recursos financeiros que ele sangraria até secar. Era agradecida aos seus administradores por terem sido mais cautelosos que ela. Ao menos a venda da casa em Paris restauraria uma parte de seu saldo financeiro.

– O que está fazendo em casa esta noite? – perguntou Billy quando ela ligou. – Por que não saiu para comemorar? Deve ser meia-noite em Paris.

– Quase. – Seria dali a instantes, e eram 17 horas para ele. Planejava passar uma noite tranquila em casa com família e a noiva.

– Você não deveria estar numa festa grandiosa em algum lugar, condessa? – provocou-a, mas ela não riu. Não sorria havia quase duas semanas.

Ela contou-lhe sobre o incêndio e sobre o que Bernard fizera, ou tentara fazer. Contou-lhe a respeito de Louise e Charles e sobre como Bernard a ludibriara em sua fortuna. Porém, acima de tudo, contou-lhe o que sentira, no banheiro durante o incêndio, atirando seus filhos pela janela. Enquanto a ouvia, podia ouvi-lo chorar.

– Meu Deus, Marie-Ange, espero que enviem o filho da mãe para a prisão perpétua. – Nunca confiara nele. Tudo acontecera tão rápido. Rápido demais. Marie-Ange sempre insistira que tudo era tão perfeito e, durante algum tempo, ela realmente achara que era. Agora, olhando para trás, percebia que não fora. Até se perguntava se os filhos que ele desejara tão desesperadamente não foram apenas uma maneira de distraí-la e de prendê-la a ele. Agradecia a Deus por não ter engravidado outra vez.

– O que vai fazer agora? – perguntou-lhe Billy, parecendo mais preocupado com ela do que nunca.

– Não sei. A audiência é daqui a um mês, e eu e Louise estaremos lá. – Descreveu o rosto dela para ele e a tragédia que ela vivera. Marie-Ange tivera muito mais sorte em salvar seus filhos. – Ficarei em Paris até decidir o que fazer. Não restou nada em Marmouton. Acho que deveria vendê-lo – disse, com tristeza.

– Pode reconstruí-lo, se quiser. – Ele encorajou-a, ainda tentando absorver o horror que ela atravessara e desejando poder envolvê-la nos braços. Sua mãe o vira chorando ao telefone e tirara todos da cozinha, inclusive sua noiva.

– Nem sei se quero – disse Marie-Ange, sinceramente, sobre a casa que amara quando criança. No entanto, tantas tragédias haviam acontecido ali que já não sabia ao certo se queria continuar com ela. – Tantas coisas horríveis aconteceram lá, Billy.

– Coisas boas, também. Talvez precise de um tempo para pensar no assunto. Que tal vir e cá para recuperar o fôlego por algum tempo? – A ideia a atraía imensamente, embora não quisesse ficar em um hotel e não pudesse impor duas crianças pequenas à sua mãe. Todos na fazenda trabalhavam bastante e estavam sempre ocupados.

– Talvez. Poderei ir em junho para seu casamento. Preciso ficar aqui por enquanto, por causa dos advogados, e eles disseram que Bernard deverá ir a julgamento nessa época. Só saberei mais tarde.

– Eu também – disse ele, sorrindo, com um ar mais infantil que nunca, embora ela não pudesse vê-lo. Marie-Ange estava com 23 anos e Billy, com 24.

– O que quer dizer? – Marie-Ange perguntou em função de seu comentário.

– Não sei. Temos falado em adiar o casamento por mais um ano. Gostamos muito um do outro, mas às vezes fico em dúvida. Para sempre é tempo demais. Minha mãe disse para não me apressar. Acho que Debbi está um pouco nervosa. Vive dizendo que quer morar em Chicago. Você sabe como é aqui. Não tem a agitação da cidade grande.

– Deveria trazê-la a Paris – disse Marie-Ange, ainda esperançosa de que tudo desse certo para eles. Ele merecia a felicidade. Ela tivera sua chance, que se transformara em cinzas. Agora, tudo o que queria era paz e tempos tranquilos com seus filhos. Era difícil pensar em confiar em alguém novamente, depois de Bernard. Porém, ao menos conhecia Billy e amava-o como a um irmão. Precisava de um amigo agora. Então, teve uma ideia e fez-lhe a proposta. – Por que você não vem a Paris? Pode ficar no meu apartamento. Eu adoraria vê-lo – disse ela, com a saudade transparecendo em sua voz. Ele era a única pessoa no mundo em quem podia confiar.

– Adoraria conhecer seus filhos – respondeu ele, pensando no assunto.

– Como vai seu francês ultimamente?

– Estou esquecendo. Não tenho ninguém com quem conversar.

– Eu deveria ligar com mais frequência. – Não queria perguntar-lhe se ele podia pagar a viagem ou insultá-lo oferecendo-se para pagar, mas adoraria revê-lo.

– As coisas estão bem tranquilas por aqui. Falarei com meu pai. Provavelmente poderá ficar sem mim por uma ou duas semanas. Veremos. Pensarei e verei o que posso fazer.

– Obrigada por me apoiar nessa hora – disse Marie-Ange com o sorriso de que ele se lembrava tão bem de sua adolescência.

– É para isso que servem os amigos, Marie-Ange. Você sempre poderá contar comigo, espero que saiba disso. Quisera que não houvesse mentido para mim a respeito dele. Às vezes, eu achava que havia alguma coisa errada e outras vezes você me convencia de que era feliz.

– Eu era, na maior parte do tempo, durante muito tempo, é verdade. Meus filhos são adoráveis, mas ele me deixava apavorada com a maneira como gastava dinheiro.

– Você ficará bem – tranquilizou-a. – O importante é que você e seus filhos estão bem.

– Eu sei. E se eu lhe emprestar o dinheiro para a passagem? – perguntou ela, preocupada que ele não tivesse o dinheiro e com receio de envergonhá-lo, mas estava morrendo de vontade de vê-lo. De repente, sentia-se tão assustada e sozinha, tão solitária, e parecia que não se viam havia cem anos. Passaram-se apenas um pouco mais de dois anos, mas pareciam décadas. Tantas coisas aconteceram. Ela se casara, tivera dois filhos e quase fora destruída pelo próprio marido.

– Se eu deixá-la me emprestar o dinheiro para a passagem, como você me diferenciará de seu marido? – Falava sério. Não queria agir do mesmo modo que Bernard, mas não conseguia nem imaginar a escala em que ele o fizera.

– Fácil – ela riu em resposta à sua pergunta –, simplesmente não compre um poço de petróleo com o dinheiro.

– Essa é uma boa ideia – disse ele, rindo. Achou que ela estava brincando. – Verei o que vou fazer e ligarei de volta.

– Vou esperar – disse ela com um sorriso e, depois, lembrou-se. – Ah, antes que eu me esqueça, feliz Ano-novo.

– Para você também e faça-me um favor, está bem, garota?

– O que é? – Parecia que voltava aos velhos dias de escola apenas ao falar com ele.

– Procure se manter longe de encrenca até eu chegar aí, está bem?

– Isso quer dizer que você virá?

– Quer dizer que verei. Apenas cuide de você e das crianças nesse meio-tempo. E, se o soltarem da prisão, quero que você pegue um avião e venha para cá.

– Não acredito que isso aconteça. Não durante um bom tempo. – Mas era uma sugestão sensata e ficou agradecida pela preocupação dele.

Depois que desligaram, Marie-Ange deitou-se. Heloise dormia ao seu lado na cama e Robert estava no berço, no quarto ao lado. Sorriu consigo mesma ao pensar em Billy.

Naquele exato instante, ele falava com o pai. Tom Parker ficara assombrado com a pergunta, mas achava que poderia adiantar-lhe o dinheiro, desde que Billy o reembolsasse mais tarde, o que ele prometeu fazer. Andara economizando para a lua de mel e já tinha 400 dólares.

No entanto, quando ele voltou à sala, suas irmãs acharam-no distraído. Uma delas dirigiu-lhe a palavra e, a princípio, ele sequer ouviu.

– O que há com você? – perguntou a irmã mais velha, enquanto entregava o bebê nos braços do marido.

– Nada demais. – Então, contou-lhes tudo o que acontecera a Marie-Ange e todos ficaram horrorizados. Sua noiva, Debbi, ouvia com interesse, mas não disse nada. – Vou a Paris – disse ele, finalmente. – Ela tem passado por um inferno e é o mínimo que posso fazer, pelos velhos tempos. – Era impossível para qualquer um deles esquecer que ela lhe dera o Porsche.

– Vou me mudar para Chicago – falou Debbi, de repente, e a sala ficou em silêncio, enquanto todos a olhavam estarrecidos.

– Por que isso? – perguntou-lhe Billy, e ela pareceu envergonhada.

– Esperei a semana inteira para lhe contar. Arranjei um emprego e vou me mudar.

– E então? – perguntou ele, sentindo um estremecimento no estômago. Ainda não sabia ao certo se estava triste ou feliz, mas estava confuso, como os se sentia havia algum tempo, quando pensava no casamento.

– Não sei ainda – respondeu Debbi, sinceramente, enquanto toda a família ouvia com atenção. – Acho que não deveríamos nos casar. – Em seguida, acrescentou num sussurro: – Não quero viver numa fazenda pelo resto da vida. Eu odeio a vida na fazenda.

– Isso é o que eu faço para viver – disse ele, serenamente. – É quem eu sou.

– Poderia fazer outra coisa, se quisesse – queixou-se ela, e ele pareceu aborrecido.

– Vamos conversar lá fora – disse ele, calmamente, entregando-lhe o casaco. Saíram juntos para a varanda enquanto o restante da família começava a falar. Ainda não podiam acreditar no que ele contara a respeito de Marie-Ange, e sua mãe preocupava-se com ela.

– Acha que eles se casarão um dia? – Sua irmã mais velha perguntou-lhe a respeito de Debbi.

– Só Deus sabe – respondeu sua mãe, encolhendo os ombros. – Eu é que não sei o que as pessoas fazem ou por que o fazem. Aqueles que deviam se casar, não se casam. Aqueles que não deviam, mal podem esperar para fugir juntos. A maioria das pessoas estraga tudo, se tem uma chance. A maioria, ao menos. Alguns não, como seu pai e eu – disse ela, sorrindo para o marido, que continuava intrigado com o que estava acontecendo ao seu redor.

Depois que Debbi foi embora, Billy seguiu para o quarto, sem explicar nada a seus pais, irmãos ou irmãs, nem aos cunhados. Não disse absolutamente nada e fechou a porta devagar.

12

Quando o avião vindo de Chicago aterrissou no Charles de Gaulle, Marie-Ange o aguardava, com Robert nos braços e Heloise no carrinho. Usava calça preta, um casaco pesado e um suéter grosso. As crianças estavam enroladas em casaquinhos vermelhos iguais, que a faziam se lembrar de sua infância. Segurava uma rosa solitária para Billy.

Viu-o assim que ele desceu do avião, com a mesma aparência de quando viajavam de ônibus para o colégio. A única diferença é que ele não usava macacão, mas jeans, camisa branca, um casaco pesado e sapatos novos que sua mãe lhe dera de presente. Aproximou-se dela caminhando descontraidamente, como sempre fizera quando ela o esperava em sua bicicleta, nos locais onde costumavam se encontrar e conversar durante o verão. Sorriu assim que a viu.

Sem dizer nenhuma palavra, ela entregou-lhe a flor, ele segurou-a e olhou-a por um longo instante. Em seguida, abraçou-a bem junto ao peito e sentiu a seda dos cabelos dela em seu rosto, como sempre fizera. Era como uma volta ao lar, para ambos, cada um era o melhor amigo que o outro já tivera e, mesmo após dois anos, havia o sentimento agradável, reconfortante e seguro de que se amavam. Era como deveria ser e quase nunca era. Era a mesma sensação que Françoise tivera na primeira vez em que vira John Hawkins novamente, em Paris, mas nenhum dos dois sabia. Depois que Billy a abraçou, parou para olhar os filhos dela. Eram lindos e ele disse que se pareciam com ela.

Enquanto caminhavam em direção ao setor de bagagens, ela contou-lhe como a primeira audiência transcorrera. Estavam acusando Bernard de três tentativas de assassinato e haviam reaberto as investigações sobre a morte de Charles, o filho de Louise. O promotor disse que, em face das novas evidências contra ele, era bem provável que ele fosse acusado de assassinato.

– Espero que o enforquem – disse Billy com uma veemência que não se lembrava de ter visto nele, mas não podia suportar a ideia do que ela passara. Tivera bastante tempo para repensar os acontecimentos no avião e, antes disso, quando Debbi mudou-se para Chicago. Haviam concordado finalmente em romper o noivado, mas ele ainda não contara a Marie-Ange.

Não queria assustá-la. Ela podia ficar preocupada se soubesse que o noivado estava desfeito.

Billy viera passar duas semanas e ela queria levá-lo a todas as atrações turísticas de Paris. Planejara toda a viagem para ele; o Louvre, a Torre Eiffel, o Bois de Boulogne, as Tulherias, havia mil lugares que queria lhe mostrar. Depois, viajariam de carro a Marmouton, apenas para que ele o visse, mas não poderiam ficar lá. Teriam que pernoitar no hotel da vila e voltar para Paris no dia seguinte. Entretanto, queria ao menos andar pelos campos com ele, mostrar-lhe os pomares e pedir sua opinião se deveria ou não reconstruí-lo. Se o fizesse, não planejava repetir nenhum dos luxos excessivos de Bernard. Queria-o exatamente como nos velhos tempos, quando seus pais moravam ali. Talvez, por fim, se tornasse um bom lugar para ela e os filhos. Ainda não decidira o que faria.

Quando Billy pegou sua pequena mala na esteira rolante, ela olhou para ele e percebeu que estava diferente. Mais maduro, mais confiante, mais à vontade consigo mesmo. Era um homem. Ela também havia mudado. Passara por muita coisa e tinha dois filhos. Atravessara guerras com Bernard, e finalmente saíra delas. Agora Billy estava ali e, de certa forma, nada havia mudado. Ele fitou-a e sorriu enquanto tomava-lhe o bebê em um dos braços e ela empurrava o carrinho.

– É como voltar para casa, não é? – Ergueu os olhos para ele com um sorriso quando ele falou, sorrindo para ela. Viu uma centelha reluzir em seus olhos e perguntou-lhe no que estava pensando. Sempre puderam ler o que estava na mente do outro.

– Estava pensando que estou muito feliz por você ter pulado daquela janela do banheiro. Eu teria que matá-lo se você não tivesse saltado.

– Sim, eu também; quer dizer, estou feliz por ter saltado. – Sorriu enquanto continuavam andando, parecendo uma família. Não havia nenhuma razão para alguém achar que não fossem. Os quatro pareciam se pertencer. Tudo o que Marie-Ange queria era ficar com ele pelos próximos quinze dias e conversar sobre tudo o que sempre conversavam e que era importante para eles. Tinham vidas, sonhos e segredos a compartilhar, e muito para conversar e explorar. E Paris para descobrir. Era como se uma porta se fechasse atrás deles, e outra se abrisse bem à frente, para um mundo inteiramente novo.

fim